さよ

十二歳《さい》の刺《し》客《かく》

森川成美
槙えびし 画

くもん出版

さよ　十二歳《さい》の刺《し》客《かく》

目次

物語の舞《ぶ》台《たい》

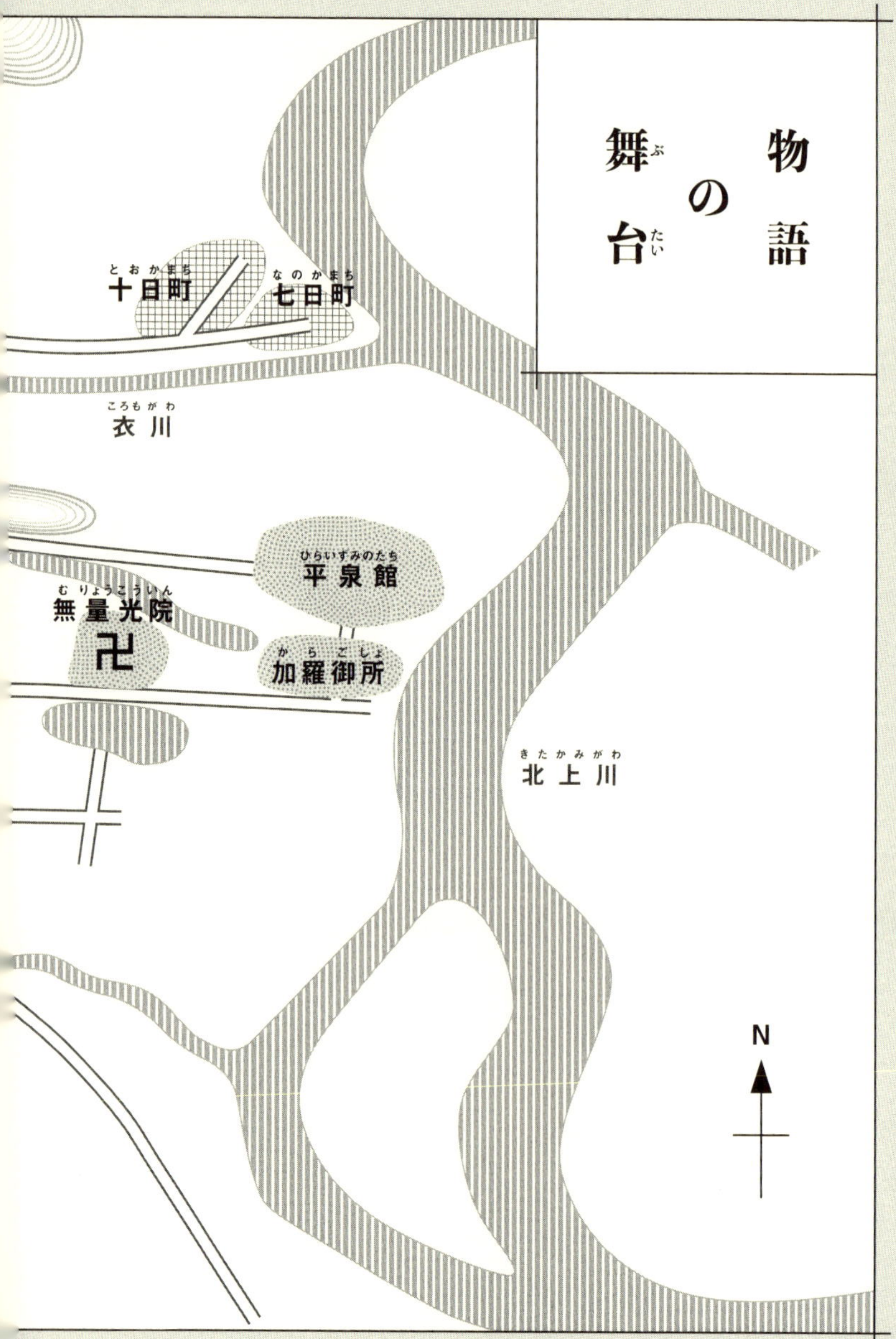

十日町《とおかまち》
七日町《なのかまち》
衣川《ころもがわ》
平泉館《ひらいずみのたち》
無量光院《むりょうこういん》
加羅御所《からごしょ》
北上川《きたかみがわ》
N

＊地図の作成にあたり、『平泉 よみがえる中世都市』（斉藤利男著・岩波新書）の「都市平泉推定復元図」を、参考にしました。

ブックデザイン　――　アルビレオ

二 復^{ふく}讐^{しゅう}

文治《ぶんじ》四年（一一八八年）九月、奥州《おうしゅう》、骨村荘園《ほんむらしょうえん》。

（行くぞ）

ひざをしめて腰《こし》をうかせ、はっ、と腹《はら》からの大声をあげた。思いきり破魔《はま》の腹をける。

さよは十二歳《さい》だ。荘園の南の牧場《まきば》に兄がこしらえた馬場《ばば》で、いつもこうやって流鏑馬《やぶさめ》のけいこをしている。だが、今日は気あいが少しちがう。

なぜならば、やつが来たと、昨晩《さくばん》、兄の家来たちが台所でうわさしていたからだ。やつは、行き場をなくし、つい先ごろ平泉《ひらいずみ》にあらわれて、藤原泰衡《ふじわらのやすひら》さまの客になっているという。

あんなやつを、どうして泰衡さまがお受けいれになったのか。

それにしても、客なら、いついなくなるかわからない。この機会をのがしてはならない。

今日こそは兄の清原良任《きよはらのよしとう》に、平泉に連れていくといわせるのだ。

的は三つ。

兄は馬場《ばば》のはしにひかえ、腕《うで》ぐみをしてこちらを見ていた。いつぞや、的ふたつをとれば、ほうびに連れていってやると約束してくれた。だが、さよはまだふたつとれたことはない。

今日こそは、ぜったいにとる。

まずは一の的だ。一の的は、最初から矢をつがえておけるただひとつの的だ。腰《こし》から矢を引っぱりだす手間がいらない分、ゆっくりとねらえる。

破魔《はま》は、やんちゃな馬だ。さっきから、毛むくじゃらの太い前足でととん、ととんと土をたたき、ふーんと大きな声をあげていた。腹《はら》をけられるなり、行っていいんですね、とばかりに、頭を下げてとびだした。

ドッ、ドドッ、ドドド

破魔は、最初からかなりの速さで走っている。あたたかいからだをひざの内に感じる。ここ奥州《おうしゅう》は良馬の産地だ。そして破魔は兄の荘園《しょうえん》の牧場《まきば》で、いちばんのいい馬だ。

さよはひざ先しか破魔に接《せっ》していない。もちろん鞍《くら》をおいているが、尻《しり》は乗せない。空に一点、腰がとどまっていなければ、弓を射《い》ることはできない。ひざのばねを使い、馬の動きと自分の動きを切りはなすことが、命中のための鍵《かぎ》となる。

ドドドッ、ドドド、ドドドッ

みるみる一の的が近づく。

的は檜《ひのき》の一枚板《いちまいいた》だ。道とおなじむきに角を下にして棒《ぼう》にはさんである。横からは、ただ一本の棒のように見える。

その的板がもっとも大きく見えた瞬間《しゅんかん》、射手《いて》は的板の真横に来ている。それより前に、こちらは馬の駆《か》けぶりを計算して、矢をはなっていなければならない。

もっとも大きく見える、その一瞬だけ前。

（今だ）

「はあっ」

前にからだをかたむけたまま、腹《はら》から大きく息をはきだし、声ともならない声をあげると、両腕《りょううで》を広げて弓をいっぱいに引いた。

バキッ

左うしろに音がする。檜板がわれたのだ。

（命中したな）

安心しているひまはない。

破魔《はま》は速度をゆるめず、走りつづけている。

（二の的はねらわぬ）

自分には、まだそれだけの力量はない。

最初から、そう決めていた。矢をつがえるために時間がかかるからだ。

（それよりは、確実《かくじつ》に三の的をねらおう）

手のひらに矢の先をたしかめ、ぐいと腰《こし》から引きだし、前にかまえる。

破魔は走る。背《せ》は上下する。

矢先《やさき》を左手に乗せた。前をむいたまま、革《かわ》のかけを通じた指の感触《かんしょく》だけで、矢筈《やはず》をしっかりと弦《つる》にはめる。

ひとつ見のがしたから、次の的までは遠い。

矢先の重い鏑《かぶら》が、破魔の動きとともにぶるぶるふるえる。それを右手のひらに力を入れて、矢のもとでおさえている。

まつまは長い。気がはやる。

（まだ引いてはならぬ）

そのとき、的が棒《ぼう》の上にあらわれた。

さよは、弓をにぎる左手にぐっと力を入れ、両腕《りょううで》を開いた。

ぎりぎりと弓のしなる音がする。弓はまがり、突端《とったん》が破魔《はま》の耳の上あたりに来ているのがわかる。

（三の的をとる、かならず）

そして、的の板がもっとも大きく見える、その一瞬《いっしゅん》前。

（今だ）

さよは、両腕をいっぱいに引いた。

矢が、風を切る音を立て、とんでいく。

（あたれ、あたってくれ）

もしあたらなければ、二の的を見のがしたことがむだになる。

バキッ
左うしろに、たしかに音がした。

命中したのだ。

（やった）

さよは、左手で弓をつきあげて、天をあおいだ。

「うまくなったな。ここに来たばかりのとき、おまえが弓馬《きゅうば》のけいこをやらせてくれといったときはおどろいたが」

兄は目じりをさげて、おかしそうに笑っていた。

「兄者《あにじゃ》。的のうちふたつを射《い》ることができるようになったら、流鏑馬《やぶさめ》を見に、平泉《ひらいずみ》に連れていってくださるという約束じゃ」

さよは破魔《はま》からとびおりながら、さけんだ。

「ああ、たしかに、そういったな」

兄はうなずいた。

「よし、中尊寺《ちゅうそんじ》さまに新米をおさめに行くとき、連れていってやろう。みのりはもうすぐだ。楽しみにまっておれ」


「平家《へいけ》は、ほろんだ」

「平家の血をひく者は、みな海に沈《しず》んだ」

みながそう思っている。兄でさえ。

ずいぶん遠い昔のように思えるが、あれは、たった三年ほど前のことだった。

春とは名のみの肌寒《はだざむ》い日だった。のぼり旗をふるわす風のにおいさえ、よく覚えている。

さよは乳母《うば》に手を引かれ、小高い丘《おか》にのぼった。道でもない草だらけのこんな坂を歩いたことは今までなかった。寒いのに汗《あせ》をかき、息は上がった。さよ姫《ひめ》さま、こんな場合ですからしかたありませんせん、がまんなさいませと、乳母は自分もはあはあとあらい息をつきながら、そういった。

頂上《ちょうじょう》の草原の真ん中には、鎧《よろい》を着た武者《むしゃ》が十人ほど、円座《えんざ》になっていた。ひとりが立ちあがり、玉の大きな数珠《じゅず》を手に南無阿弥陀仏《なむあみだぶつ》ととなえると、円座の中心、地面の穴《あな》に、朱《しゅ》のひもがけをした漆塗《うるしぬ》りの丸櫃《まるびつ》を入れ、ていねいに土をかぶせた。

中に入っているのは、さよのひいおじいさま、平清盛《たいらのきよもり》さまのご遺骨《いこつ》なのだと乳母はいった。これをおいていく以上、われらはここから先はしりぞかぬという意味だともいった。

丸櫃に金で描《か》かれたあげは蝶《ちょう》の紋《もん》の上に、土くれのかたまりが、ひとつ、ふたつと落ちていった。

武者たちは、従者《じゅうしゃ》に命じて兜《かぶと》をつけさせ、鎧を着させて、坂を駆《か》けおりた。道の先には、小さな湾《わん》があり、大小の船がひしめいていた。大きな帆船《はんせん》もあれば、手こぎの船もあった。

さよたち姫も、それぞれ乳母に連れられて丘を下り、わたり板をならしながら、船に乗った。

帆《ほ》が上がる。船頭《せんどう》たちが、いっせいに船をこぎはじめる。

ほどなく、むこうから、おなじように大小の船がこちらを目指して、ひしめきながらやってくるのが見えた。

みるみる近づく。

戦《いくさ》がいきなりはじまった。

敵《てき》の武者《むしゃ》たちがならんで船べりに立ち、こちらに矢をむけた。

だがそのとたん、おどろきともなげきともつかない声が上がった。

その矢のむかってきた先は武者ではなく、船をあやつる船頭だったのだ。船頭たちは腹《はら》を射《い》られて、うめきながら海に落ちていった。海はすぐに真っ赤になった。

「なんと、源氏《げんじ》の武者は、鎧《よろい》も着けていない船頭を射るのか」

「赤子《あかご》の手をねじるようではないか。なんと、野蛮《やばん》な」

「なぜ、このようなことをする」

「船頭を射てしまっては、次からは船頭がいやがって集まらぬ。海の戦はできなくなる。そんなことも知らぬのか」

味方の武者《むしゃ》たちがおどろきなげくまに、舵《かじ》をとる者のいなくなった船はたがいにぶつかりあい、木の葉のようにもみあった。

そこに敵《てき》の武者たちは、飛び石をわたるように、船から船へと乗りこんできた。

太刀《たち》をとっての斬《き》りあいがはじまった。

太刀をかわす耳ざわりな金音がして、はあはあとおとなの必死なあらい息がきこえた。

しばらくたつと、武者のどちらかがひざをつき、兜《かぶと》のすきまに小刀を入れられ、血を流し、たおれた。

もうかたほうは大声でさけび、兜ごと首をかききり、それを家来にわたす。家来は頭の上高くその首をかかげる。首から流れた血が家来の顔を染《そ》めた。

そのうちまるでなにかの合図のように、きいたこともないような調子で、太鼓《たいこ》がなりはじめた。

そのとたん、乳母《うば》が真剣《しんけん》な顔でひざまずき、さよの両手をとった。

「さよ姫《ひめ》さま。おみ足をおしばり申しあげますよ」

「なぜ?」

「帝《みかど》とごいっしょ申しあげるのです。われらはここから先はしりぞきませぬゆえ」

——われらはここから先はしりぞかぬ。

それがどういう意味か、丘《おか》の上ではわからなかったが、今はわかった。

ほかの船の姫《ひめ》たちが、それぞれ乳母《うば》に背中《せなか》をおされるようにして、船べりから海に落ちていたからだ。たいていの姫はだまってくちびるを引きむすび、海に落とされていた。だが、おさない姫たちは、わけもわからず助けてと泣きさけんでいる。

一族の姫どうしだ。ちがう屋敷《やしき》に住んでいても、どこかで会ったことはある。水柱が上がるたびに、ああ、あのときいっしょに囲碁《いご》をした子だ、貝合《かいあ》わせをした子だとわかる。

帝《みかど》というおさない子も、さよは知っていた。その子をだく女の人も知っていた。ひいおじいさまの妻《つま》だ。

その人は、目をつりあげると、

「波の底にも都はございますゆえ」

と高い声を上げ、水の中にとびこんだ。そしてしばらくういていたが、上下する波の泡《あわ》の下に見えなくなった。

「さあ、いよいよ、さよ姫さまの番でございます。おうらみなさるな。小さいときからわが子のようにお育てしたおかた。生きてつらい目におあわせするよりは、ずっとましと思うわたくしめの気持ちをお祭しください」

乳母《うば》は、そういうと、さよの背中《せなか》をどんとついた。

さよは泳げなかった。水に入ったこともなかった。こわいと思うまもなく、冷たく塩からい水が、鼻をついた。目が痛《いた》い。咳《せき》が出て、息をすうと、かわりに水を思いきり飲んだ。

目の前に、乳母の着物が見えた。さよの背中をおして海に落としてから、自分もとびこんだのだ。

乳母はさよを見た。水の中で口が動く。

(さ・よ・ひ・め・さ)

「ま」までいえずに、乳母は沈《しず》んでいった。きっといく枚《まい》も重ねた着物が水をすって、おもりのように重くなったのだ。

さよの着物は子どものもので枚数がないが、身動きがとれないことはおなじだ。さよは、もがいた。

(苦しい、息がしたい)

人は死ぬ直前に、今までのことをすべて思いだすという。さよの頭の中に、いろいろな光景が、脈絡《みゃくらく》もなくうかんだ。それはこんなものだった。

うす暗い部屋だ。足つきの丸盆《まるぼん》の上に黄色い実がひとつのっている。手のひらにあまるほど大きい。

さよは、それに手をのばした。食べたい。

うつくしい男がいた。あまえさせてくれる人だ。たまにしか会えないが、父君だということはわかっていた。

「さよにはかなわぬな。ねらっておったか。ほれやろう」

父君は黄色い実をとりあげて、さしだされた。

乳母《うば》がひざでにじりよるように近づき、実をとると小刀で皮と種をのぞき、盆の上にみずみずしい果肉をならべた。

「さよ、この木の実は、海のむこうから来た。この国ではけっして育たぬ」

「なんという名?」

「はじめて来たものだから、まだ名をつけるまでにいたっておらぬ。南の島で育ち、青いままもぎとられて船にいく月もゆられ、船の中でうれて、昨日《きのう》、福原《ふくはら》の港に着いたばかりじゃ」

さよは、あんぐりと口をあけた。乳母がなれた手つきで、果実を口に入れてくれる。

「あまーい。もうひとつ」

「もう、たんとめしあがったでしょう」

乳母《うば》がいった。

「まあよいではないか、やれ」

父君にそういわれて乳母はだまった。また口の中に果実が入る。だが、あっというまに盆《ぼん》の上の木の実はなくなった。

「まだあるか、きいてくる」

さよは立ちあがり、駆《か》けだした。

「どこに行かれます」

「場所はわかっておる。食事をつくるところじゃ」

「そんな……姫《ひめ》さまの行かれるような場所ではありませぬ」

乳母があわてて追いかけてくる。

「やんちゃな姫じゃのう」

うしろから、父君の大きな笑い声がきこえた。

父君はふらりと前ぶれもなくあらわれ、手にした弓ですだれをついと上げ、部屋の中へ入ってこられた。

そして、鎧《よろい》をまとったままの姿《すがた》で、腰《こし》をおろしもせず、さよ、別れじゃとおっしゃったのだ。

さよはその日まで、父君が鎧を着ておられるところを、見たことがなかった。いつも、香《こう》をたきこめたかおりのよい狩衣《かりぎぬ》を着ておられたからだ。

父君のほほはこけて目がくぼみ、黒目が三倍にも大きく見えた。白い縅《おどし》はどろにまみれてけばだち、黒い塗《ぬ》りにほこりがつもって、光を失っていた。

「さよ、元気で暮《く》らせ。あまりやんちゃをするでないぞ」

父君は鎧の重みのためか、ゆっくりとひざをついて、さよを引きよせ、かきいだいた。さよの頭にのせたあごが細かくふるえているのが感じられた。泣いておられるのだと思った。

すえたような汗《あせ》のにおい。かびのまじった土けむりのにおい。腐《くさ》った肉のような血のにおい。

はっと気がついてみると、さよは、板塀《いたべい》の小屋の中にいた。

死んだのではなかった。白髪《しらが》を頭の上でだんごにまとめたおじいさんがのぞきこんでいた。

「おまえさんだけじゃ、息をしておったのは。ほかは、浜《はま》に大きな穴《あな》を掘《ほ》ってほうむった。南無阿弥陀仏《なむあみだぶつ》」

おじいさんは、そういうと、茶色いもちをくれた。さよは、おきあがって、むさぼり食べた。焼きたてでいいにおいがした。おじいさんは、それを満足そうにながめている。

「ひどいのう。世も末じゃ。時化《しけ》だというのに無理やり船を出させ、あげくに船頭《せんどう》を射《い》るなど、ぜったいにゆるせぬ。われら船頭にはそもそも敵《てき》も味方もないのじゃ。ふだんは魚をとり、たのまれれば船を出す。それを、あの源氏《げんじ》の総大将《そうだいしょう》、源義経《みなもとのよしつね》とかいうやつは」

総大将は源義経というのか、とさよは思った。しっかり覚えておこう。

「平清盛《たいらのきよもり》さまは、島と島とのあいだに陣取《じんど》って通る船をおどすならず者どもを、ご退治《たいじ》くださった。そしてこの瀬戸内《せとうち》に平和な船の道をつくられた。これは、せめてものお返しじゃ」

さよは浜に連れていかれた。沖《おき》には大きな船がとまっていた。

小舟《こぶね》で近より、なわばしごで船にのぼった。甲板《かんぱん》の上では、筒袖《つつそで》の奇妙《きみょう》な着物を着た人たちがわからない言葉をしゃべっていた。

おじいさんはその人たちにむかっておなじ言葉で語りかけてから、さよのほうをふりむいた。

「この宋船《そうせん》が、おまえさんを連れていってくれるはずじゃ。船長も清盛《きよもり》さまには恩《おん》のある者ゆえ、安心なされい」

さよを乗せた大きな船は、まず博多《はかた》という大きな港に行き、そこから北へむかった。そしてあちこちよったあげくに、羽州《うしゅう》の港に着いた。さよは羽州の商人を介《かい》して清原良任《きよはらのよしとう》の父にあずけられ、陸の路《みち》を通ってこの骨村荘園《ほんむらしょうえん》にやってきたのだった。

良任の父はさよを養女にして亡《な》くなった。良任の母はすでにおらず、あとを継《つ》いだ二十歳《はたち》の良任が、さよを育ててくれた。

骨村荘園の領主《りょうしゅ》の館には、子どもの背《せ》の高さほどのりっぱな壺《つぼ》がある。高価《こうか》な青磁《せいじ》の壺だ。宋人船長が、さよを育ててもらう礼にと、くれていったものだ。さよが家に来たとき、これとまったくおなじ大きさだったと良任は、笑っていう。兄は、さよのことを、宋人船長と羽州の商人の娘《むすめ》とのあいだにできた子と父からきいていたはずだ。

館は、さよの育った屋敷《やしき》とはまったく雰囲気《ふんいき》がちがっていた。どこをとってもそっけない白木《しらき》の建物で、おいてあるかざりものといえば、その青磁《せいじ》の壺《つぼ》ぐらいしかない。色とりどりの布《ぬの》のついたても、漆塗《うるしぬ》りの器も調度も、ひとつもなかった。

そして兄の家来たちは、歌をつくったり蹴鞠《けまり》をしたりはせず、恋《こい》の話さえせず、ひまさえあれば弓や、太刀《たち》や、乗馬のけいこをしていたのだった。

さよは最初とまどったが、そのうちなれた。むしろおてんばなさよには、あれをやってはいけない、これをやってはいけないといわれた姫《ひめ》のころより、かえって楽な気さえした。破魔《はま》をもらってからはとくに、毎日破魔の世話をするのが楽しみになった。破魔のかわいさがさよをなぐさめてくれた。

さよは、兄に父君や乳母《うば》の話をしたことはない。平家《へいけ》の話も戦《いくさ》の話もしたことはない。だが、骨村荘園《ほんむらしょうえん》で兄の家来や、寺の僧《そう》などの話をもれきくにつれ、あのころはわからなかったことが、まるでばらばらになった絵巻《えまき》ものを集めてつなぎあわせるように、だんだんとわかるようになってきた。

さよがあのめずらしいくだものを父君にいただいたころは、まだ平家の世の中だったのだ。

さよのひいおじいさまの平清盛《たいらのきよもり》は、外国、宋《そう》との交易《こうえき》で富《とみ》をえて、娘《むすめ》を帝《みかど》の后《きさき》にした。そしてその娘《むすめ》の子は、おさないうちから新しい帝《みかど》となった。

だがさよも知らなかったことだが、そのころから、平家《へいけ》をたおせという勢力《せいりょく》が、あちこちで生まれていたらしかった。

その中心が源氏《げんじ》だ。源氏は源頼朝《みなもとのよりとも》という男を中心にして兵をあげた。総大将《そうだいしょう》となって源氏の軍勢《ぐんぜい》を率《ひき》いたのは、頼朝の母親ちがいの弟、源義経《みなもとのよしつね》という男だ。義経は、あちこちで戦っては、はなばなしく勝った。

平家は負けて、都からのがれ、西へ西へとにげまわることとなった。

そしてついに最後の戦いになってしまったのが、壇《だん》の浦《うら》の戦いだ。ひいおじいさま、平清盛のご遺骨《いこつ》をうめて「われらはここから先はしりぞかぬ」とみなでちかった、おさない帝もひいおじいさまの妻《つま》も船から海にとびこまれた、そしてさよ自身もおぼれて死ぬところだった、あの海での戦いだ。

あの日をもって平家はほろんだのだ。そして今、都には新しい帝がおられる。源頼朝は都ではなく鎌倉《かまくら》という場所にいて、帝もえんりょされるほどの力をもっているという。

今、だれもが、平家の話をするたびに「おごれる者はひさしからず」などという。

平家《へいけ》はおごっていたから、負けたのだと。

だが、それをきくたびに、さよはいらいらする。

ちがう。みなはただ、知らないだけだ。負けたのは平家がおごっていたからではなく、源氏《げんじ》の者らが、ひきょうだったからだということを。

そんなことは、平家の者ならわかっていることだけれど、死人に口なしだ。みな死んでしまった。

そう、負ければいいたいほうだいをいわれることになるのだ。

さよには、兄にもつげたことのない、ひそかな望みがあった。それは、さよが生きのこったからこそ、できること。

その望みとは……復讐《ふくしゅう》。

そのために、さよは、兄にたのんで弓馬《きゅうば》と太刀《たち》さばきを習い、けいこをつんできた。

源氏の総大将《そうだいしょう》だったあのひきょうな男を、この手で殺してやるのだ。

その男の名は、源義経《みなもとのよしつね》。

そしてその男が今、ここから歩いて半日ほど行った先の平泉《ひらいずみ》にいる。

二

接《せっ》待《たい》館《だて》

「平泉《ひらいずみ》の地は、三本の川にかこまれている。この大きな川、北上川《きたかみがわ》と、それにそそぐ支流《しりゅう》の衣川《ころもがわ》。ここからは見えぬが、南のはしを東西に流れる太田川《おおたがわ》」

兄、良任《よしとう》は馬を進ませながら、むちをかかげて遠くを示した。

骨村荘園《ほんむらしょうえん》は、兄の領地《りょうち》だが、名目は中尊寺《ちゅうそんじ》さまのもちものということになっている。それで兄のところでは、毎年一回、米を平泉にはこんできて、中尊寺さまに献上《けんじょう》している。そのかわり、ほかのめんどうな税《ぜい》が免《めん》ぜられるので、領主の兄としては、さしひき得なのだ。

さよたちは、牛車《ぎっしゃ》の一団《いちだん》をくんで、今年の新米をはこんできた。この平泉には数日前に着いて、骨村荘園出入りの砂金《さきん》商人、兵次《へいじ》という男の大きな屋敷《やしき》にとめてもらっている。

昨日《きのう》は、中尊寺さまに米をおさめるという、一年でもっとも大事なつとめもすんだ。

ほっとした今日は、約束どおり、北野天神《きたのてんじん》でおこなわれる流鏑馬《やぶさめ》を見に行ける。

さよは男のみなりをして破魔《はま》に乗り、兄と馬をならべた。うしろから家来たちもついてくる。

男のみなりをしたのは、破魔《はま》に乗るためだ。

姫《ひめ》の時代には牛車《ぎっしゃ》しか乗ったことがなかったが、馬に乗ることができるようになると、牛車など、むしろがまんがならないと感じるようになった。箱の中でただゆれているだけで、そのうえやたらおそい。

(破魔で来てよかった。景色《けしき》が見られてよい)

海のように幅《はば》の広い北上川《きたかみがわ》には、帆《ほ》かけの船がたくさんうかんで、きれいだ。

「平泉《ひらいずみ》は、奥州《おうしゅう》の中心で、奥州全体を統《す》べられる藤原《ふじわら》一族が、三代にわたって住まわれてきた場所だからな。平泉がこれだけさかえたのは、奥州中から集まってくる、貴重《きちょう》な産物のおかげだ」

兄は、遠くの船をさしながら、ひどくじまんげだ。

「馬や金、白い麻布《あさぬの》、絹《きぬ》の布、鷹《たか》の羽根。これらは広い奥州中から、ここにいったん集まり、船で都にはこばれるのだ。どれも上質《じょうしつ》だ。これほどすばらしいものを産する場所は、おそらく奥州のほかにはなかろう」

船につまれたたくさんの荷物を見ると、なるほどとうなずける。

「だが、さよ、ここには、さらに、都よりすばらしいものがあるぞ。なんだと思う？」

「金のお堂か？」

昨日《きのう》はじめて行った中尊寺《ちゅうそんじ》さまは、たいへん大きな寺で、その中には柱も壁《かべ》もみな金箔《きんぱく》でおおったきらびやかなお堂があった。藤原《ふじわら》一族は、死んでから行くはずの極楽浄土《ごくらくじょうど》を、この世につくってしまったのだ。

光りかがやくうつくしいお堂。これも、奥州《おうしゅう》にたくさん砂金《さきん》が出るからこそできることだと、昨日も兄がいっていたところだ。

だからさよは、都よりすばらしいというのは、このお堂のことにちがいないと思ったのだった。実際《じっさい》、さよのいたころ、都にはこんなものはなかった。

だが、兄は首をふる。

「いや、金色堂《こんじきどう》ではない。あるものではない、むしろないものだ」

「なぞかけか、わからぬ」

さよは笑ったが、兄はまじめな顔のままだ。

「ないものとは、戦《いくさ》だ。ここ奥州は、清衡《きよひら》さま、基衡《もとひら》さま、そして秀衡《ひでひら》さまと三代にわたってみごとに統《す》べられて、この百年のあいだ、平和だった。そして今、四代目の泰衡《やすひら》さま

の時代になっても、それはつづいている」

「戦《いくさ》がない……」

戦になれば、どういうことがおきるのか、さよはよく知っている。

父君が別れじゃとおっしゃって屋敷《やしき》をあとにされたそのすぐあと、源氏《げんじ》の者たちは、屋敷にもやってきた。女たちがそろそろと優雅《ゆうが》に動いていたそのおなじ廊下《ろうか》に、土足でふみこんできた。

源氏の者たちは、大声でどなり、笑い、さけび、わがもの顔で屋敷の中を歩きまわった。螺鈿《らでん》をほどこした漆《うるし》の机《つくえ》や器、色とりどりのたれ布《ぬの》などがたくさんあった部屋の中には、あっというまにどこかからうばいとってきた米俵《こめだわら》や芋《いも》、薪《まき》や炭がつみあがった。やつらは、庭の池の鯉《こい》すらとって焼いていた。

さよは乳母《うば》とふたり、庭の奥《おく》にあった箒《ほうき》などしまう小屋にかくれて、ふるえながら数日をすごしたのだ。その後、庭仕事の男の助けでなんとか屋敷をにげだし、牛車《ぎっしゃ》で福原《ふくはら》という港にむかった。福原からは一族の者といっしょに、船に乗っては港により、乗ってはより、をくりかえし、何か月かかけて、あの最後の場所、壇《だん》の浦《うら》に、ようやくたどりついたのだった。

庭の小屋にかくれていたあいだに、母君はどこかに連れていかれて、消息はわからない。父君も戦《いくさ》の最中に姿《すがた》を消されたそうなと、乳母《うば》にきいた。

しかし、それもこれも、戦をおこした源氏《げんじ》の者たちの、そしてその総大将《そうだいしょう》、源義経《みなもとのよしつね》のせいなのだ。


平泉《ひらいずみ》の町をつらぬく奥大道《おくのたいどう》という広い通りを南に進み、毛越寺《もうつうじ》というこれまた大きな寺の横をすぎる。

さらに背《せ》の高い倉庫が立ちならぶ倉町《くらまち》をぬける。その先は太田川《おおたがわ》だ。もう、平泉のほぼ南端《なんたん》に来ていた。

そのあたり、西がわの山腹《さんぷく》にあるのが、町の西方を守る北野天神《きたのてんじん》だ。

今日の流鏑馬《やぶさめ》のあるところだ。

表にはすでに、たくさんの牛車《ぎっしゃ》や馬がつながれていた。

境内《けいだい》の奥の広い場所には、流鏑馬のためにこしらえた一本道ができていた。その右のかたがわに、ずらりと天幕《てんまく》がならんでいる。なぜかたがわなのかといえば、左には的があるからだ。

天幕《てんまく》は、家ごとに布《ぬの》でしきられ、それぞれに家来がいそがしげに赤い毛氈《もうせん》をしいている。

兄の家来も同じように持参の毛氈をしき、いちばん前に兄とさよがすわった。

「やはり平泉《ひらいずみ》は、田舎《いなか》の荘園《しょうえん》とちがって、はなやかですな」

「これが毎年の楽しみで」

などといいながら、兄の家来たちも、うれしそうにうしろにすわる。

さよたちの席のあるのは、三の的の前ぐらいの位置だった。

三の的のさらに先は、一本道の終点にあたり、天幕には房《ふさ》が下がり、旗など立ってはなやかだ。しつらえられた高い台の上に、豪華《ごうか》な装束《しょうぞく》の人びとがならんでいる。どうやら藤《ふじ》原泰衡《わらのやすひら》さまのご一行がご覧《らん》になっておられるようだ。

天幕から首を出してそちらをながめていると、その豪華な装束の人の中のひとりと、ふと目が合ったような気がした。いや、目が合う前から、じっと見られていたのだろうか。

泰衡さまご一行の中に、さよの知りあいなどいないはずなのに。なぜだろう。

「おい、さよ。めずらしいからといって、あまりきょろきょろするでない」

兄が笑いながら、さよの着物をつかんで引きもどす。

ほどなく、流鏑馬《やぶさめ》がはじまった。

どんと大きく太鼓《たいこ》がなると、馬に乗った最初の武者《むしゃ》が、左のほうから駆《か》けてくる。馬のひづめの音と、的のわれる音にくわえ、おお、というどよめきがきこえてくる。

「しかし、ずいぶんとおそいのう」

兄の言葉に、また天幕《てんまく》から首を出してながめると、射手《いて》がちょうど二の的を射ぬくところだった。おお、という声がまたあがる。

しかし兄のいうとおり、馬はずいぶんとのろい。破魔《はま》の倍とはいわないまでも、かなりの時間をかけて、のんびり走っている。うっかりすれば、とまって草でも食《は》みかねないのどかさだ。これならゆっくりと矢をつがえて射ることができる。

「ここには、よほどの射手が出ているかと思った。せっかくふたつの的をとって、やっと連れてきてもらったというのに、がっかりじゃ」

さよがいうと、兄はおかしそうに笑った。

「ああ、そうだったな。おまえは、ここに来たいばかりに、けいこにはげんだのだったな。ただそれは射手の責任《せきにん》ではあるまい。おまえの勝手ではないか。けいこして、ふたつ的がとれるぐらい弓がうまくなったのだから、よかろうが」

「それでも、がっかりじゃ」

さよはいいはった。

兄は、ちょっとまじめな顔をしてうなずいた。

「たしかに。だが、射手《いて》よりもまずいのは馬だ。そもそも、おとなしい馬は、軍馬にはむかぬ。矢や刀、戦《いくさ》の雰囲気《ふんいき》におびえてしまうからだ。たとえ足が速くても、まだ軍馬にはたりぬ。生きものをとらえてなまで喰《く》らうほどのいきおいがなければならない。うちの破《は》魔《ま》は、やんちゃで活気があるからこそ、いい馬なのだ」

「破魔はゆっくり走れと命じても走らぬ、いや走れぬ」

「そのとおりだな。あのようにぱかりぱかりとは、ぜったいに走れぬな」

兄とふたり、顔を見あわせて、今度はいっしょに笑った。

それでも、そのあとには、まあそこそこの射手と馬が出てきて流鏑馬《やぶさめ》が終わり、帰りじたくをしていると、家来のひとりが駆《か》けこんできた。

「泰衡《やすひら》さまのお使いが見えておられます」

「みょうだな……泰衡さまとは」

兄はつぶやいた。

「たしかに先祖《せんぞ》をたどれば遠縁《とおえん》ではあるが、田舎《いなか》の小領主《しょうりょうしゅ》のおれになど、ご用はないはず

「だが……」

首をかしげるうちに、使者は通されてきた。

「お伝え申しあげます。清原良任《きよはらのよしとう》どのには、このあと、接待館《せったいだて》で開かれる祝宴《しゅくえん》においでくださいとのことでございます。弟どのもお連れくださいませ」

どうしよう、とふたりで顔を見あわせる。さよは男のかっこうをしてきたから、弟ということになってしまったようだ。

「いいえ、弟はまだ元服《げんぷく》をしておりませぬゆえ、おおやけの場所には出しておりません」

兄はことわっている。

「たとえそうであっても、ごえんりょなくお連れください、おまちしております、との泰衡《やすひら》さまのお言葉です」

そういわれてはことわれない。つつしんでまいりますと兄はこたえた。

「しかたなかろう。このようにていねいに、名指しでご招待《しょうたい》いただいたのだ。今さら女ですとうちあけるのもおかしなことだ。どうせ末席にすわっておるだけのことだろう。あちらがなにかお問いになったら、おれが応対《おうたい》するから、おまえは、だまっていればよい」

使者がいなくなってから、兄はいいわけのように、そういった。

接待館《せったいだて》は、衣川《ころもがわ》の北岸にある。泰衡《やすひら》さまのおばあさまが以前、住まわれていた場所という。りっぱな屋敷《やしき》と話にきいているが、もちろん行ったことなどないと、兄はいった。

北野天神《きたのてんじん》を出て、馬をならべる。

奥大道《おくのたいどう》を北へともどっていく。

中尊寺《ちゅうそんじ》さまの境内《けいだい》はほとんどが山だ。

奥大道はその中をぬけ、衣川にむかって、だんだん下り坂になっていく。右下、坂の下のせまい平地には、僧《そう》たちの宿坊《しゅくぼう》が、軒《のき》をくっつけるようにして、立ちならんでいた。

さらに進み、衣川のせまいところにかかる太鼓橋《たいこばし》をわたると、そのあたりは七日市場《なのかいちば》というところだ。毎月七のつく日に市が立つにぎやかな場所だ。今日は七のつく日ではないので、ただ空《から》の屋台にすだれを立てかけたものが、寒ざむとならんでいるだけだ。

この先、奥大道をさらに進むと、さよたちがとまっている兵次《へいじ》の屋敷がある。砂金《さきん》の取引でかせいだ兵次の屋敷は門がまえも中もりっぱで、土地の者から長者《ちょうじゃ》屋敷とよばれている。

家来たちはそこへもどるが、兄とさよは、家来たちとわかれ、奥大道を右におれて、衣川の下流の方向へと進む。

だいぶ行っただろうか。

夕日に照らされて、白い長い塀《へい》が見えてきた。

塀にかこまれた広い敷地《しきち》の中には、たくさんの屋根が見えかくれする。さよはひとつ、ふたつと数えてみたが、数えきれずにあきらめた。おそらく何十にもなるだろう。

奥《おく》には林も見える。その先は、おそらく衣川《ころもがわ》の川岸になるのだろう。

塀は長くつづく。

切れ目は見えない。

「兄者、道をまちがえてはいないか？」

「いや、そんなことはない。これが接待館《せったいだて》だ。まちがいない」

そんなやりとりをするうちに、ようやく屋根のついた幅《はば》の広い門が見えてきたので、ほっとする。

兄が名をつげると、門が開いた。

門をくぐり進むと、さっと人が駆《か》けよってきて、さよたちの乗ってきた馬を引きとり、うまやらしき方向に連れていった。

兄とさよは案内され、敷地《しきち》の奥《おく》のひとかたまりの建物にむかった。

進むにつれ、なつかしいような、息苦しいような感じになった。

(なんと、これは)

そこにあったのは、わたり廊下《ろうか》でつながれた建物……まったく都風《みやこふう》のつくりの屋敷だったのだ。


案内の者は先に立って、わたり廊下の切れ目にあたる門を入る。

入ると庭が広がっている。

右のほうには大きな池が見えた。わたり廊下のはしが池にはりだしていて、屋根と柱だけで素通《すどお》しの建物につづいている。これは釣殿《つりどの》といって、暑い夏にすずんだりするところだ。さよは知っている。さよはおさないころ、池に舟《ふね》をうかべたりして、釣殿で遊ぶのが好きだった。

池の反対、左のほうに目をやると、大きな建物がある。これは寝殿《しんでん》といって、大事な客を迎《むか》えるなど、おおやけのことをする場所だ。

その大きな建物の左右には西の対《たい》、東の対という中《ちゅう》ぐらいの建物があって、わたり廊下でつながっている。いずれも人の住まう場所だ。

ここからは見えないが、寝殿《しんでん》の裏《うら》にもおなじぐらいの大きさの建物、北の対《たい》というものがあるはずだった。

(平泉《ひらいずみ》に、こんな屋敷《やしき》があったのか……)

兄の荘園《しょうえん》のあっさりした建物とはまったくちがった。さよの生まれ育った都の屋敷とおなじ形式の豪華《ごうか》なものだ。

池と建物のあいだには、白砂《しらす》がしきつめられている。

「こちらに……」

案内の者は、庭の白砂の先、五段《だん》ぐらいの木造《もくぞう》の段をさししめした。寝殿《しんでん》に上がるための段だ。段の下、むかって左に桜《さくら》がある。それならばきっと右には対になる橘《たちばな》があるのでは、と思ったが、見あたらなかった。

そういえば、兄の領地《りょうち》に桜はあるが、橘は見かけない。橘の実は都ではよろこんで食べられていたが、すっぱいので、さよは好きではなかった。だからなつかしく思ったことはなかったが、それでも兄の館では一度も出てきた記憶《きおく》がない。冬が寒いので、こちらでは橘は育たないのかもしれなかった。

兄は、案内にしたがって、白砂《しらす》の上を寝殿《しんでん》にむかって進む。さよもそのあとにつづく。

はきものをぬいで段《だん》を上がり、寝殿の入り口に立つ。

正面には、一面にすだれが下がっていた。

大きな話し声、笑い声がすだれの外にまで、もれきこえてくる。すでに宴《えん》はたけなわのようだ。

「清原良任《きよはらのよしとう》さまと、弟さまにてございます」

どこからかまた人があらわれ、大きな声でそうつげた。

さっと内がわから、すだれが上げられた。

兄のまねをして腰《こし》をかがめひざをまげ、頭を下げたまま中に進む。

足もとしか見えないが、それでも、白木《しらき》のめいめいの盆《ぼん》にかわらけの盃《さかずき》がのり、尻《しり》の大きな白い徳利《とくり》が、行き来しているようすがわかった。

どうせ末席だと兄はいっていたのに、おどろいたことに、こちらへ、こちらへと、奥《おく》にうながされ、けっきょく、正面のすぐ右に通されることとなった。

「清原ご兄弟、よくぞ来られた。さあさあ、すわられよ」

はずむ陽気な声がする。泰衡《やすひら》さまにちがいない。

兄とならんですわり、そろりと顔を上げてみると、丸い顔が、にこにことこちらを見ていた。そういえば、やや神経質《しんけいしつ》なところのあった亡《な》き父の秀衡《ひでひら》さまに比べて、泰衡《やすひら》さまはおおらかだ、とどこかできいたことがあった。

そのとき、

「美男《びなん》の弟よのう。にておらぬ」

泰衡さまのむこうから、頭を出して口をはさんだ男がいる。

みながさっと、その男の顔を見るのがわかった。

陽気とはほど遠い種類の顔つきの男だ。活発な陰気《いんき》さとでもいおうか。日に焼けてあさ黒く、目はかっと開いていた。黒目はすわり、奇妙《きみょう》な緊張《きんちょう》を感じさせる。からだはひどく小さい。肩幅《かたはば》も子どもぐらいしかない。

「義経《よしつね》さま、まったくでございますな。うつくしい」

泰衡さまがいった。

さよは、はっとして、身をかたくした。

今、泰衡さまは、たしかに「義経さま」といった。

これが、ここに客となっているという義経《よしつね》か。

こいつをさがしに平泉《ひらいずみ》に来た。だが、こんなに早く対面するとは。

さよはまるで草むらで出会ったまむしを見るように、その男をながめた。

なるほど、これが、にくい男の顔か。

なにに近いかといえば、しわくちゃの猿《さる》にいちばん近い。酒を飲んでいるためか、顔は真っ赤で、まるで猿そのものに見える。

歯は、ならびが乱《みだ》れて黄色かった。だが、この男はその歯をかくそうともせず、むしろむきだすようににやりと笑った。

復讐《ふくしゅう》をずっと心にちかってきたが、この顔を見てあらためて、それが正しかったと思った。

にくい。

今すぐにも、太刀《たち》でうちかかって殺したい。

腹《はら》の底から、むらむらとそういう気持ちがこみあげてくる。

この怒《いか》りはさよひとりのものではない。あのとき無残に殺された者たちみなの怨念《おんねん》だ。

「どこで育ったのじゃ?」

義経《よしつね》はきいた。

「羽州《うしゅう》の港にて、ございます。わたしどもは腹《はら》ちがいで」

こたえたのは兄だ。だが、男は、兄には見むきもせず、さよにむかって話しかける。せっかちなのか、早口で声はかんだかい。

「名前は？」

「佐用《さよう》でございます」

兄がこたえる。「さよ」をとっさの機転で、男の名にいいかえたのだった。

「都にいたことはないのか。以前、そなたによくにた美男《びなん》に会《お》うたぞ。平家《へいけ》の総大将《そうだいしょう》であった」

どきりとする。平家の総大将とは、父君、平維盛《たいらのこれもり》のことだ。都のならわしで、さよの住んでいたのは母君の屋敷《やしき》だ。父君にはべつの屋敷があった。そのせいか、父君は、たしかに父ではあるものの、遠い存在《そんざい》と思っていた。それなのに、男のかっこうをするとやはり、そこは親子、にるということだろうか。考えてもいなかったので、うれしいような気もしたが、やはり平家の者とわかっては、どんな目にあうかと考えると、恐怖《きょうふ》が先に立つ。

「弟は、都にいたことはございません」

兄はあっさりと否定《ひてい》した。兄はそのとおりに、信じている。

だが、義経《よしつね》はまったく兄を無視《むし》して、さよにむかって話しかけてきた。

「わしは、都の近く、鞍馬《くらま》の寺で育った。知っておろう」

口をきくなといわれているので、さよはただはっと頭を下げた。

そのとたん、義経は大声を上げた。

「うそじゃ。大うそじゃ」

いきなりのふおんな言葉に、あたりの雰囲気《ふんいき》が、さっと緊張《きんちょう》した。兄も身をかたくしている。兄は兄で、女と見やぶられたのでないかと心配しているにちがいない。

さよの胸《むね》も、音が外にきこえてしまいそうなほど、大きくなっている。

維盛《これもり》の娘《むすめ》とわかってしまったのか。

「義経さま、大うそとは、いったい、どういう意味でございましょうかな?」

泰衡《やすひら》さまがのんびりときいた。義経の大声には、動じもしていない。おおらかといわれている人らしい、いかにもおうような態度《たいど》だ。

「ははははは」

義経は、のけぞるように笑ってみせた。

「鞍馬《くらま》で育ったなど、大うそじゃ。わしの母は宮中に仕えていたといわれているが、それもうそじゃ。母は旅まわりの曲芸人であった。わしが生まれたその年に、父は平家《へいけ》との戦いに敗れた。わしは、母に連れられあちこちをにげまわった。鞍馬もうそなら、おさないときにここ平泉《ひらいずみ》にあずけられたというのもうそ。わしがここに来たのは、今回がはじめてじゃ。わしは兄、頼朝《よりとも》にうとまれ、行くところもなく、ここに来た」

兄が、さよのことではなかったと、そっと息をはくのがわかる。さよもほっとした。

「義経《よしつね》さま、おたわむれを。われらは、義経さまがおさないころここにお育ちになったご縁《えん》で、平泉にお引きうけ申しあげております。そうでなければ、都の帝《みかど》も、鎌倉《かまくら》の頼朝さまも、とうていおゆるしになりませんでしょうなあ」

泰衡《やすひら》さまのゆったりとした言葉が、しんとした場に流れた。うそをうそといわせられない理由が、泰衡さまのがわにはあるのだ、だからだまっておいてほしい、という意味だ。

だが義経のほうは、泰衡さまの言葉の意図がわからないわけはないのに、ひるみもせず、話しつづけている。

「いや、すべてはほんとうのことじゃ。わしは日々の食べものにもことかき、おさないころの思い出といえば、腹《はら》をすかしてうろうろしていたことしかない。そのためからだはじゆうぶんに育たず、このとおりおとなになっても小さいままよ」

義経《よしつね》はまた大口を開けて笑ったが、だれもにこりともしなかった。

「わしは優雅《ゆうが》さを身につけようとしてもその機会すらあたえられなかった。だから、そなたのように優雅な若者《わかもの》を見ると、うらやましく思う」

「いえ、弟は、ただの田舎者《いなかもの》にございます」

兄がこたえる。

だが、義経はまたこれを無視《むし》し、さよに話しかけた。

「ところで、そなたを先ほど流鏑馬《やぶさめ》の席から見かけ、ここによんだのはどういうわけか、わかるか？」

（流鏑馬の席で見かけた？）

さよは、ふと段《だん》の上の豪華《ごうか》な装束《しょうぞく》の人と、目が合ったような気がしたことを思いだした。

あれが義経だったのか。

まさか。

あんな遠くから、さよの顔が見えたとでもいうのだろうか。

そしてどこの家の席かを調べて、泰衡《やすひら》さまに命じて、その家来にわざわざよびに来させたのだろうか。

これもうそか？

それとも、これはほんとうか？

ほんとうとすれば、なぜ？

どういうわけで？

兄も、とまどっているのか、なにもこたえない。

ふたり、ただ、だまって頭を下げていると、義経《よしつね》はつづけた。

「つまり、こういうことじゃ。わしには、十歳《さい》になる千歳丸《ちとせまる》という息子がおる。いずれは源氏《げんじ》の大将《たいしょう》となる人間。ゆえに、この子を、優雅《ゆうが》に育てたいと思っている。そなた、この接待館《せったいだて》に住まい、千歳丸の遊び相手となれ」

なんと。そういうことか。

ここに住む。

義経の息子の遊び相手になる。

まさか、そんな話になるとは。

思いもしなかった。

おどろきと同時に、いろいろな考えが一瞬《いっしゅん》のうちに駆《か》けめぐった。

この男に復讐《ふくしゅう》をするというのが、さよの望みだった。そこへ、おなじ館に住むなどという、またとない機会がむこうからころがりこんできたではないか。なんという幸運なことだろう。

だがいっぽう、さよは男と思われている。

義経《よしつね》の申し出を受ければ、ずっと男のふりをして暮《く》らさなければならない。

そんなことが自分にできるのか。

だがもう、さよの心は決まっていた。そもそも、復讐のために、兄にたのんで太刀《たち》や弓を習ったのだ。

この機会をのがしてなるものか。

男のふりだろうがなんだろうが、やってやる。

さよは息をすいこむと、せいいっぱいの低い声を出した。

「つつしんで、お受け申しあげます」

兄が、はっと横をむいて、さよを見るのがわかる。

だまっておれといってあったのに、という顔だ。

だが、兄がなにかいう前に、泰衡《やすひら》さまがうなずき、明るい声を出した。

「よきかな、よきかな。では、これで決まりじゃ」

三

千歳《ちとせ》丸《まる》

一か月後。

夕暮《ゆうぐ》れどきになって、牛車《ぎっしゃ》いっぱいの荷物とともに、さよはやっと接待館《せったいだて》に着いた。朝早くから骨村荘園《ほんむらしょうえん》を出てきたが、牛車はのろいので、着くのは、どうしてもこのぐらいの時刻《じこく》になる。

——勝手に返事しおって。

宴《うたげ》のあと、兄は、おこっていたが、泰衡《やすひら》さまが、これで決まりじゃとおっしゃったことだ。とりけすわけにはいかない。身のまわりの世話に八瀬《やせ》という女をつけて、じゅうぶん気をつけろといいふくめ、さよをよこしたのだった。

気をつけなければならないことは、ほかにもあった。

平家《へいけ》の者と見やぶられないこと。そして、義経《よしつね》に復讐《ふくしゅう》するという目的をさとられないことだ。

復讐をどうやるかはまだ決めていない。だが、うまくやらねばならない。

表の門にむかえに出てきた者が、破魔《はま》の手綱《たづな》を受けとろうとしたが、さよは自分でうまやに連れていくといって、ことわった。

八瀬《やせ》と牛車《ぎっしゃ》が、さよたちが住まう建物の方角に、まっすぐむかってゆくのを見とどけてから、さよは破魔を引いて、うまやにむかった。

まず自分の目で、破魔の居場所《いばしょ》をたしかめたかった。かわいい破魔が心地《ここち》よくすごせるということが、さよには大事だ。

門を入って左に、大きなうまやがあった。

うまやは長く、何棟《なんむね》もならんでいる。このようすだと、馬の数もそうとうなことだろう。あちこちに、馬がしきりとからだを動かす気配と、床《ゆか》をならすひづめの音、いなきがきこえてくる中、そのうちの一棟に手綱を引いて入る。通路を進み、うまやの管理人に示された場所に破魔をつなぐ。

さよは、まず破魔より先に柵《さく》の中に入り、桶《おけ》のかいばに手をつっこんで、中身をたしかめた。

新鮮《しんせん》な干《ほ》し草《くさ》が入っている。

一束《ひとたば》とってにおいをかいでみる。

かびてもいないし、しけってもいない。

飲み水の桶《おけ》もある。

新しい水だ。

ひざをついて、しきわらをたしかめる。

かわいていて、あたたかい。

だいじょうぶそうだ。

「よし、毎日来て、外を走らせてやるからな。おとなしく、ここに入っていろ」

破魔《はま》に声をかけながら、柵《さく》の中に入れる。

破魔は、なれない場所のにおいや音に反応《はんのう》して、頭を大きく上げたり下げたりした。

よしよしと首をなでてやる。

首筋《くびすじ》があたたかい。

「荘園《しょうえん》の牧場《まきば》とちがって、きゅうくつだが、がまんしろ」

さよがそういうと、破魔はわかりました、とばかりに、長い額《ひたい》をさよの胸《むね》におしつけてきた。

かわいい。

都からいろいろなところをまわりまわってたどりついて以来、故郷《こきょう》のように思ってすごしたなつかしい荘園《しょうえん》を出てきた。大事にしてくれた兄と、はなれて暮《く》らすことが、さびしくないとはいえない。

だが、ここには破魔《はま》がいる。

さよと八瀬《やせ》のすまいにあてがわれた建物は、敷地《しきち》の西のすみにあった。

小さいが、きれいに掃除《そうじ》がされてあった。

ここも都風《みやこふう》のつくりで、外壁《がいへき》はない。

夜ははね戸を閉《し》めればよいが、そうすると真っ暗になってしまうので、日のあるうちは、開けておかなければならない。

はね戸を開けておいても外から見えないのは、荷物をおく場所、塗《ぬ》り籠《ご》めの中だけだった。ここは四方が土壁《つちかべ》になっている。

八瀬はさっそく、その塗り籠めを、さよの水浴びと着がえの場所に決めた。長びつなどの荘園からもってきた荷物は一切《いっさい》入れずに、そこへは、たらいだけをおいた。

それから、どこからか水をもらってきて、そのたらいにそそいだ。

「冷たいですけれどね、道中、さんざんほこりをかぶってしまいましたから、落とさないことには、とうてい、くつろげませんものね。まあ、ここなら外から見えませんでしょ」

八瀬《やせ》は、さよのからだを、ぬらした布《ぬの》でぬぐいながら、そういった。

「まったく、この接待館《せったいだて》の中は、どこもかしこも、僧兵《そうへい》がうろうろしてるんですから、こまったものですよ。平家《へいけ》との戦いで手柄《てがら》をたてたとかで、そりゃもうたくさん、義経《よしつね》さまについてきたんだそうで、ここで昔から働いている女たちも、みんなびくびくしているのですって。僧兵なんぞ、お坊《ぼう》さんの姿《すがた》はしているものの、中身はただの乱暴《らんぼう》なならずもの。こわいので、わたしは、なるたけ、目を合わさないことにしますよ」

しゃべり好きで陽気な八瀬は、着いたばかりというのに、もうここの事情《じじょう》をききこんできたとみえた。

「さよさまも、僧兵のやつらにはじゅうぶんに、ご用心なさいませ。僧兵だけではありません。まだ子どもの千歳丸《ちとせまる》さまには気づかれないかもしれませんが、おとなの男には、女と見やぶられてしまうかもしれません。女と知られれば、どんな乱暴をされるかわかりませんよ」

と、おどす。

ああ、と返事をしたものの、さよはべつのことを考えていた。

僧兵《そうへい》がどういうものかは、いやというほど知っている。

あのとき、源氏《げんじ》の武士《ぶし》たちといっしょに、船になだれこんできた。

鎧《よろい》の上から白黒の衣装《いしょう》を着け、高下駄《たかげた》をはいて、大声で経《きょう》をとなえながら、長刀《なぎなた》をふりまわし、次つぎと人を殺していく者たちだ。

たしかに乱暴《らんぼう》なやつらだった。

だが、それよりなにより、悪いのはあいつだ。

総大将《そうだいしょう》の源義経《みなもとのよしつね》。

やつはこの敷地《しきち》の中にいる。

いつ、どうやって復讐《ふくしゅう》をとげよう。

どうやるにしても、兄に迷惑《めいわく》はかけられない。さよがやったとわからない方法で達成しなければならない。


次の日、さよは破魔《はま》のようすを見に行った。

破魔はよろこんで頭を高く上げ、いななく。

「よく寝《ね》られたか？」

さよは、毎日荘園《しょうえん》でしていたように、わらをとってからだをこすってやる。破魔《はま》の表情《ひょうじょう》は、馬のことなのであまり変わらないように見えるが、それでもぶるっと鼻をならしたりして、うれしそうだ。

もう十一月だ。そうとう寒い。馬の息でうまやの中はもやっている。

馬の広い腹《はら》をこすっていると、額《ひたい》に汗《あせ》が出る。

「おまえか。佐用《さよう》とかいうやつは」

奥《おく》からいきなり、かんだかい声がひびいた。

頭を上げると、背《せ》の低い影《かげ》が、もやの中からとびだしてきた。

すぐにだれかわかった。子どもの髪型《かみがた》ではあるが、姿形《すがたかたち》が、義経《よしつね》にそっくりだったからだ。義経の子だ。

猫背《ねこぜ》で頭だけが大きく、歯ならびが悪い。半目で見あげる陰気《いんき》な感じも、父親そのままだ。

「そうだ、清原佐用《きよはらのさよう》だ。そっちは？」

うすうすわかっていたが、わざときいた。まずちゃんと名のるべきだろう。

「千歳丸《ちとせまる》」

そいつはいいはなって、猫背《ねこぜ》の胸《むね》をはった。

「千歳丸か」

「千歳丸ではないぞ」

え？　とふしぎに思うまに、そいつは、頭ひとつほどさよよりも背《せ》が低いというのに、そっくりかえって、えらそうにさよを見あげた。

「千歳丸さまだ。千歳丸さまとよべ」

「いやだ」

さよは即座《そくざ》にこたえた。

「おれは、遊び相手によばれただけだ。家来になれといわれたわけではない。遊び相手なら対等だろう」

それをきいて千歳丸の目が、かっと見ひらかれた。

「おれはここの第一の客分、義経《よしつね》の子だぞ。ここの棟梁《とうりょう》、泰衡《やすひら》もおれには頭を下げる」

こいつら親子はただ行き場がなくてここに来たのではないか。泰衡さまは気の毒に思い、お受けいれになっただけだ。そしてそれは、さよには関係のないことではないか。

「それがどうした」

さよは、千歳丸《ちとせまる》の目をまっすぐ見かえして、いいはなった。

「おれは遊び相手という約束で来た。源氏《げんじ》の者は、約束を守らぬのか。世間ではそれを、品がないともいうがな」

ふふん、と千歳丸は、鼻で笑った。

「品などなんの意味がある。平家《へいけ》を見ろ、武士《ぶし》のくせに貴族《きぞく》のまねをして、やれ着物の色あわせがどうの、歌が踊《おど》りが、かおりがどうのと、遊びにあけくれ、その結果、品とともにほろびたではないか」

なにを、とさよは両《りょう》わきで拳《こぶし》をにぎりしめた。ちがう。ほろびたのは、源氏がひきょうだったせいだ。なぐりかかって首をしめてやりたいぐらいの気持ちだが、平家の者だということはかくしておかねばならない。

千歳丸は、低い鼻をつんと上げて、いいつのった。

「約束などというものはな、事情《じじょう》が変われば、破《やぶ》られることもあるものだ。勝つためにはしかたない。そのぐらい、最初から、勘定《かんじょう》に入れておくべきだ」

「なにを。おまえは、勝ちさえすれば、なにをやっても、どんなひきょうなことをやっても、よいというのか」

「そうだ。負けては、しまいだ。なにがあっても勝たねばならぬ」

むかむかする。

このままではとうてい引きさがれない。

「では、勝てばよいのだな」

さよはいった。

「よし、勝負をしようではないか。おれが勝ったら、佐用《さよう》さまとよべ」

「よかろう。もし、おれが勝ったら、家来になれ」

さよはうなずいた。

勝ってやる。

なんとしても勝ってやる。

義経《よしつね》の子に佐用さまとよばせたら、さぞ楽しいことだろう。

「なんの勝負か？　太刀《たち》か、弓か？　弓なら的はどうするか？　扇《おうぎ》を立てるか？　それとも空とぶ鳥にするか？」

さよはきいた。

ふふんと千歳丸《ちとせまる》があざ笑った。

「おまえはばかだな。まず自分の勝てそうなもので勝負しようともちかけるのがあたりまえだ。そんなことを相手にきくなど、そもそもまちがいだ」

なんといういいぐさだ。なんの勝負にするかは、たがいに相談し、納得《なっとく》して決めるべきだろう。こちらがわざわざきいてやったというのに、感謝《かんしゃ》ぐらいしろ。

さよがそう思って腹《はら》をたてているうちに、千歳丸は鼻をならして、もう一度、そっくりかえった。

「馬で勝負。ここの屋敷《やしき》の池を、ぐるりと一周する道がある。そこを駆《か》けさせる」

なるほど、馬が得意ということか、こいつは。

受けてたってやろう。こちらには破魔《はま》がいる。

さよが、よし、とうなずくと千歳丸は、にやりとした。

「おれの馬は、この奥州《おうしゅう》の中から、泰衡《やすひら》がよりすぐって献上《けんじょう》してきた名馬だぞ」

「ほう。馬じまんか。乗り手ではなく?」

さよは、皮肉った。

千歳丸のくちびるは一文字に引きむすばれ、ほほに、赤みがさした。

怒《おこ》ったのだ。
その顔は酔《よ》った義経《よしつね》の顔に、そっくりだった。
千歳丸《ちとせまる》は、うまやの奥《おく》にもどり、馬を引きだしてきた。
光るような毛並《けな》みの芦毛《あしげ》だ。
おとなしそうだ、とさよは思った。足も細い。泰衡《やすひら》さまがよりすぐって献上《けんじょう》したという
けれども、それはただたんに、うつくしいからではないのか。
それに比《くら》べるとさよの破魔《はま》は、粗野《そや》な野獣《やじゅう》のように見える。太い足。足に生えた茶色い
剛毛《ごうもう》。そして、黒くて長いたてがみ。
なにより、鼻息があらい。さよがうまやから出すと、すぐにも駆《か》けだしそうにととん、
ととんと前足で大地をけっている。
「まて、まだだ」
さよは、破魔の首をなでて、耳もとにささやいた。
千歳丸は、芦毛を引いて先に立ち、敷地《しきち》の中を歩く。
さよは破魔を引いて、そのうしろにつづく。

いくつかの大きな建物のわきをぬけ、赤い太鼓橋《たいこばし》をわたると、きゅうに開けた場所に出た。

正面に、鏡のような大きな丸い池がある。

その池のほとりをしばらく歩くと、木々のあいだに屋根が見えた。てっぺんに丸くて大きな金のかざりのある四角い建物で、縁側《えんがわ》のぐるりを欄干《らんかん》でかこってある。

「これが、持仏堂《じぶつどう》だ」

千歳丸《ちとせまる》はそういって、建物の正面にとまった。

馬を木につなぐと、足で土の上に線を引く。

「ここからはじめ、池を一周してここにもどる」

今にも馬に乗り、駆《か》けくらべをはじめてしまいそうな気配に、さよは、大きな声を上げた。

「まて。まず先に、おれとおれの馬に一周させろ。そうでなければ不公平だ。そっちはこの場所をよく知っているじゃないか」

意外にも千歳丸は、あっさりうなずいた。

「よかろう。はじめる前にとりきめるのは、平家《へいけ》の者らのように、負けておいて不公平となじるよりも、よいことだな」

あてつけか。いや、こいつはさよが平家《へいけ》の者だということは知らないはずだ。源氏《げんじ》の者らは、いつでもこういうものいいをしているのか。とはいえ、今、腹《はら》はたてないようにしよう。ここは冷静に勝たねばならない。

ひらりと破魔《はま》にまたがり、池を一周する。破魔は、気がはやるのか、ともすればどんどんと駆《か》けようとするが、さよは手綱《たづな》を引っぱり、それを速足におさえた。まだ全力で走るのは早い。力は、勝負のときにとっておかねばならない。

池のまわりの道は、しだいに細くなるが、水面に出張《でば》るようにこしらえた、幅《はば》の広いところが一か所だけあった。月見などするための月見台だろう。

そこをすぎるとまた細くなっていき、持仏堂《じぶつどう》がふたたび見えはじめたあたりからだんだん広くなり、持仏堂の前が終点となる。

もし、最初に出おくれてしまったら、細い道のところでぬくことはできない。

（走りはじめが肝心《かんじん》だ。まずなにをおいても先に出なければならない）

「もういいか」

持仏堂までもどると、千歳丸《ちとせまる》がきいた。

「ああ」

さよはこたえた。最初に先に出さえすれば勝つ自信はあった。

千歳丸《ちとせまる》は、馬上から山のはしを指さした。

「夕日が落ちかけている。もうすぐそこ、川むこうの中尊寺《ちゅうそんじ》の鐘楼《しょうろう》の鐘《かね》がなるだろう。それを合図にしよう」

乗ったまま、馬の鼻を、土の上の線にそろえてまつ。

鐘はなかなかならない。

破魔《はま》は、走りたくてしかたない。前足どころか、うしろ足も何度も上げて空をけった。

そのときだ。

いきなり、耳鳴りのような大きな音が、あたり一帯をふるわせた。

(これが鐘の音か)

さよは、反射的に破魔の腹《はら》をけった。

破魔は走りだそうとして、その前に、一瞬《いっしゅん》だけとびはねるようなしぐさをした。やんちゃな破魔のことだ。けっしておどろいたわけではない。いさんでいるところにいきなり大きな音がしたところ、同時にさよが腹をけったので、とまるべきなのか、それとも走っていいのかと、混乱《こんらん》したのだろう。

その一瞬《いっしゅん》のうちに、千歳丸《ちとせまる》と芦毛《あしげ》の馬は、前にとびだしていた。

鐘楼《しょうろう》は川むこうにあるというのに、まるで耳もとでたたかれたようなこんなに大きな音がするとは思わなかった。この場所と鐘《かね》の位置関係のせいだろうか。千歳丸は、それもすべて承知《しょうち》のうえだったか。

（しまった、はめられた）

あわてて芦毛を追う。

鐘の音はこだまのようになりひびいている。平泉《ひらいずみ》にあるたくさんの寺の鐘が、中尊寺《ちゅうそんじ》に合わせてうちならされていた。

芦毛はもう先に細い道に入ってしまった。この先、ぬくことができるのは月見台のところと、最後、持仏堂《じぶつどう》の前の二か所だ。

（破魔《はま》、ぴったりついていけ）

さよの気持ちがわかったかのように、破魔の鼻先は、芦毛のしっぽにくっつかんばかりだ。破魔のほうが速い。ときどき、ふんと鼻をならす。追いぬきたいのだ。

（よし、月見台に来たぞ）

さよは、破魔《はま》をなだめるように手綱《たづな》を引きしめながら、道が広がる瞬間《しゅんかん》をねらった。芦《あし》毛《げ》の尻《しり》より前に破魔の鼻先を出すのだ。

だがそのときだ。千歳丸《ちとせまる》がふりむいた。

ぴしっと音がして、破魔がさよを乗せたまま、うしろ足で立ちあがった。

さよは破魔からふりおとされまいと、必死でつりあいをとった。

なにがおきたのか、わからなかった。だが、すぐに理解《りかい》した。千歳丸はむちをもっていたのだ。さよは、ふだんむちは使わない。流鏑馬《やぶさめ》では弓をもたなければならないからだ。だが、千歳丸はむちをもっていて、そのむちでふりむきざま破魔の顔をたたいたのだ。

(なんというやつ)

むちは馬の尻や肩《かた》をたたくものだ。顔をたたくなどひきょうな。あのとき船頭《せんどう》を射《い》た源《げん》氏《じ》の者どもと、おなじ根性《こんじょう》ではないか。

(こんなやつに負けてなるものか)

さよは、どう、どう、と破魔に声をかけて足なみをととのえた。破魔はいったんとまった。ひと息入れて、腹《はら》をける。

「行け、もう一度」

破魔《はま》は駆《か》けはじめた。芦毛《あしげ》はもう、馬のからだ三つ分も前に行っていた。

だが、破魔は速い。見るまにひとつ分ぐらいに差をつめた。

そのとき、千歳丸《ちとせまる》がふりむいてむちをふった。今度はむちは破魔にあたらず、ただ空を切る音がした。ふつうの馬なら、その音だけで、また、たたかれると思っておびえて立ちどまったことだろう。

しかし破魔はちがった。速度を落とすことなく、駆けつづける。

――破魔は、やんちゃで活気があるからこそ、いい馬なのだ。

兄の言葉が、思いだされる。

道は広くなった。もうすぐ持仏堂《じぶつどう》の前にかかる。

（ぬくには、最後の機会だ）

だが、千歳丸は半身をこちらにむけようとしている。またむちをふるう気だ。

さよは、破魔の鼻をななめにむけた。千歳丸のむちのおよばないところに出るのだ。遠まわりになるが、破魔ならやれる。あっちは千歳丸がふりむいたことで、からだの重みのかかる場所が変わり、それが馬のじゃまとなり、おそくなってしまっている。

（よし行け）

さよはひざをしめ、腰《こし》をうかすと頭を下げた。破魔《はま》の動きと一体になるのだ。
破魔はぐんぐんと芦毛《あしげ》の尻《しり》を追いこし、そして腹《はら》のあたりをすぎ、頭をすぎた。
持仏堂《じぶつどう》の正面を通りすぎたとき、完全に芦毛をぬききっていた。
(勝った)
だれが見てもまちがいなくさよの勝ちだった。
だが、まだ油断《ゆだん》はならない、とさよは思った。
あんなひきょうな手を使う、千歳丸《ちとせまる》のことだ。
負けたとみとめないかもしれない。
なんといわれるのか。それに対して、なんと返すか。
さよは心の中でかまえながら、破魔をおりた。
千歳丸も芦毛からとびおりて、近よってきた。
「おまえの勝ちだ」
千歳丸は、あっさりとそういい、かた手でさよの肩《かた》をたたいた。
「佐用《さよう》さまとよんでやる」
にこりとしたその笑顔は、まっすぐでみょうにすがすがしい。

（こういうやつだったのか）

さよが少しおどろいたそのときだ。

がにまたで、はだしのまま持仏堂《じぶつどう》の中から走りでてきた人物があった。

「千歳丸《ちとせまる》、負けおったな」

早口でかんだかい声だ。

義経《よしつね》だった。

「何度いったらわかるか」

千歳丸は、その声をきくなり、頭をかかえてしゃがみこんだ。義経は、うずくまった千歳丸のそばにより、はだしの足で背中《せなか》をけった。

千歳丸は地面につんのめるようにたおれた。そのままあらがいもせず、まるで亀《かめ》みたいにはいつくばっている。さよには目もくれず、義経は千歳丸の手からむちを引ったくった。

バシリ、バシリ

むちの音がひびく。

「負けてはならぬ、けっして、負けてはならぬのじゃ」

義経はいいつのりながら、何度も千歳丸の背中をむちでうった。うちながら、さらに興《こう》奮《ふん》したように、目がつりあがってくる。あっというまに、千歳丸《ちとせまる》の着物は破《やぶ》れた。

どうしたらいい、とさよが思うまに、持仏堂《じぶつどう》の中から、僧兵《そうへい》の姿《すがた》をした大男が駆《か》けでてきた。

それをちらりと見た義経《よしつね》は、鼻でふんと息をして、むちをほうりなげると、はだしのまま持仏堂のむこうに消えていった。

千歳丸はううっとうめいて、立ちあがろうとする。

大男は駆けより、わきに手をやり、ささえて千歳丸をかかえた。

「がまんなされませ。お父上さまのなさることです」

千歳丸の背中《せなか》は真っ赤だ。血が着物からしたたり落ちている。そうとう痛《いた》いにちがいない。顔をゆがめている。

「さあ、ご自分でお立ちください」

僧兵は冷たくいうと、千歳丸の腕《うで》をつかみ、引きたてるようにして、屋敷《やしき》のほうに消えていった。

さよはびっくりして立ちつくしたまま、その姿を見おくった。

それにしても、父の義経にうたれた千歳丸のゆがんだ顔が目にうかぶ。兄はけいこにきびしいが、さよにあんなことをしたことは、一度もない。家来にだってやったことはない。

（ひどいやつだ）

さよは拳《こぶし》をにぎりしめた。

あんなやつは、さっさと殺されて、しかるべきだ。


遊び相手になれといわれてきたのに、どうしろという使いも指図も来ないまま、しばらくがすぎた。

さよは毎朝、うまやから破魔《はま》を引きだしては、屋敷《やしき》の敷地の内や外を乗りまわした。破魔には運動が必要だし、さよも破魔に会いたい。

そうこうしているうちに、だんだんとこの接待館《せったいだて》の敷地の中のようすもわかってきた。ほぼ中心に、あの宴《うたげ》のあった屋敷がある。ほかにも大小さまざまな建物がたっていた。煙《けむり》の立つ台所のようなところもあれば、さよと八瀬《やせ》が住まっているような小さな建物もあり、また僧兵《そうへい》たちが出入りする長屋や堂のようなものもある。ものをしまってあるのだろう、人の住まわない建物もある。もちろん、この前千歳丸《ちとせまる》と競争した持仏堂《じぶつどう》もある。

さよの気にいりの道順は、持仏堂の前の池を一周してから、その裏手《うらて》を衣川《ころもがわ》の川岸にぬけるというものだった。

ぬけたあとはいつも、蛇行《だこう》する衣川《ころもがわ》をさかのぼって、山のほうにむかうことにしていた。左には中尊寺《ちゅうそんじ》さまの山の紅葉《こうよう》がうつくしく、右には開ける平野があり、稲刈《いねか》りの終わった田んぼでは、わらを焼いている。

そのこげくさいにおいがなつかしい。今ごろは兄の荘園《しょうえん》でもそうしているだろう。むしょうに帰りたくなる。

だが目的をはたさなければ、さよは荘園には帰れない。

そのうち、朝、いつものように破魔《はま》を出そうとうまやに行くと、入り口に千歳丸《ちとせまる》が立っていた。

さよをまっていたようすだ。

「佐用《さよう》さま」

頭を下げて、さよを通そうとする。

この前は、さよの前で義経《よしつね》にあのようにしかられて、さぞ屈辱《くつじょく》だったにちがいない。しかし、千歳丸は、あの約束をちゃんと守る気だ。

「もうよい。対等ということにしよう。佐用《さよう》と、千歳丸《ちとせまる》だ」

さよは、そういって千歳丸の顔をのぞきこんだ。千歳丸はすなおにうんとうなずいた。

ひかえめにほほえんだ笑顔は、ちょっとかわいい。

「しばらくふせっていた。今日からは、馬にも乗れる」

千歳丸はかんたんにいったが、少しやせていた。

人の背《せ》の皮は馬とはちがってやわらかい。むちでたたかれれば、ただではすまない。

あれだけの血を出す傷《きず》を負っていたのだ。しばらくおきあがれなくても、そして傷がうんで熱を出したとしても、ふしぎはないように思えた。

どう考えても、義経《よしつね》のやりかたはひどい。

ひどすぎる。

だが気の毒に思っているようすを見せるのも、千歳丸に悪いような気がした。

さよは、つとめて明るい声を出した。

「遠乗りに行こうか。競争ではなしに」

「ああ」

千歳丸はちょっとうれしそうに、うなずいた。

「ついてこい」

破魔《はま》でいつもの道順を行く。千歳丸《ちとせまる》の芦毛《あしげ》は、せまい道では破魔のうしろになり、広い道ではならんだ。

「その馬は、なんという名だ」

「月光《げっこう》」

たしかに月の光のように、白くかがやいている。

「いい名だ」

「父上はこの名が気にいらぬのだ。月は月でも、昔、源氏《げんじ》がたに池月《いけづき》という馬がいたというのだ。池月とは生喰《いけずき》の意味。生きものを捕《と》らえて喰《く》らうぐらい、気があらかったそうな」

兄がおなじようなことをいっていた、と思いだす。

「乗りにくいが、そのぐらいが、軍馬としてはよい」

「わかっている。だがおれは月光が好きだ」

「そうか、好きか」

さよはうなずいた。

なぜか都の父君のことを思いだす。さよが好きだといえば、まあよいではないかと、貴《き》重《ちょう》な木の実を食べさせてくださった。うつくしい着物の膝《ひざ》の上にさよが乗り、それを食べものでよごしてもしかりさえされなかった。乳母《うば》など、おろおろして、さよを引きはなそうとしたが、父君はよい、さよ姫《ひめ》のすることじゃ、と笑っておられただけだった。

この千歳丸《ちとせまる》はかわいそうに、さよのようにあまえさせてもらったことなど、一度もないのだろう。

きっと、義経《よしつね》が気にいらないのは、この名だけではなく、月光がおとなしい馬だということだ。

そういえば千歳丸も、最初は腹《はら》ぐろいように思えたが、じつはおとなしい人間のようだ。いっしょうけんめい父のまねをし、あらっぽいことをいい、義経の指図どおりにしようとしているが、そもそも性格《せいかく》がちがう。

しばらくふたり、馬を連ねて川べりを行き、そのあと引きかえした。

破魔《はま》をうまやにつないで、千歳丸とわかれた。

千歳丸が屋敷《やしき》のほうに消えたとき、大男の僧兵《そうへい》がうまやの角から、ぬっとあらわれた。

この前の男だ。

「千歳丸さまを、外に連れだしたな」

男は、大きな目をぎょろりとむいて、さよをにらみつけた。気の弱い者なら、こうやってにらまれただけでも、足がすくむことだろう。

「いけないのか？」

さよは男の圧迫感《あっぱくかん》にはひるまないようにつとめながら、見あげてききかえした。

「ああ、源氏《げんじ》の総大将《そうだいしょう》のお子だ。だれがどこでねらっているやわからぬ。次からは、つつしめ」

わかったとうなずいて、男に背中《せなか》をむけようとした。

まて、と男はさよの肩《かた》を上からあらっぽくつかんだ。

「都で、おまえににたやつを、見たことがあるぞ」

義経《よしつね》もそんなことをいっていた。父君のことだろうか。

どきりとする。

といっても、気にかかるようすを見せるわけにはいかない。

「他人のそらにだろうよ」

いいすてて、肩にかかった手をふりきったときだ。

僧兵《そうへい》はいきなり、長刀《なぎなた》をさよにつきつけた。さよは、反射的《はんしゃてき》に太刀《たち》をぬき、それをはらう。一瞬《いっしゅん》のことだった。

「ふむ。太刀《たち》は、やつよりおまえのほうが上手だな。それに、考えてみれば、だいぶ年がちがう」

僧兵《そうへい》はうなずき、長刀《なぎなた》をおさめて立てた。

「あれは戦《いくさ》の前だった。都でのことだ。平家《へいけ》の公達《きんだち》だった。ちょうどおれの前を通りかかった」

それでは父君のことではない。

父君が、町の中をひとりで歩かれたりすることはないはずだ。

身もとがばれなかったことは、ほっとした。と同時に、父君ではなかったことが、少し、さびしくもある。

「平家の者どもは、やれなにがうつくしいの、やれなにが優雅《ゆうが》だのということばかり気にかけて、修行《しゅぎょう》をおこたるようになった。だからこちらは、やすやすと太刀をうばえたのだ。あのころ、平家がたからは、何十本もいただいたものだった。みな高値《たかね》で売りはらったがな」

僧兵は大口を開けて笑った。前歯がかけている。戦のおりに、なぐられでもしたのだろうか。

「われらは戦《いくさ》に勝ってもなお、修行《しゅぎょう》をし、戦の心をわすれない。義経《よしつね》さまは千歳丸《ちとせまる》さまを、今も、戦の心でお育てになっているのだ。わかったな」

この前の義経のむちのことをいっているのだ。

さよはだまって、うなずいた。僧兵《そうへい》にはかかわるなという、八瀬《やせ》の言葉を思いだしたからだ。

反論《はんろん》したい気持ちは、もちろんあった。

この前、義経はさよのことを優雅《ゆうが》だといい、うらやましいといった。息子の千歳丸を優雅に育てたいともいった。

それは、どんな人の心にも、事情《じじょう》さえゆるせば、優雅でありたいという願望があるからではないのか。

戦に負ければ人びとは、まるで優雅に暮《く》らしていたことがその原因《げんいん》であるようにいう。

だがそれはちがう。

平家《へいけ》は負けた、ただ、それだけのことだ。

四

父と母と子

ほどなく千歳丸《ちとせまる》のところから、若《わか》い僧兵《そうへい》がむかえに来た。

いつぞや宴《うたげ》のあったいちばん大きな屋敷《やしき》にむかう。

だが、僧兵は、この前寝殿《しんでん》に入ったときの西の門ではなく、東の門から入っていく。

都では屋敷の主は、寝殿の裏手《うらて》にある北の対《たい》に住まうのが、決まりだ。

さよがいた屋敷は、母君のものだったから、母君が北の対におられた。さよは西の対に乳母《うば》たちと住んでいた。母君と会うためには、わたり廊下《ろうか》を通って北の対に行かなければならなかった。だから、日々の生活では、乳母がさよの母がわりだったのだ。

父君はべつの場所に屋敷をもっておられた。さよは行ったことはなかったが、そこでは父君は北の対に住まわれていたはずだ。

今、東の門から入ったということは、千歳丸は東の対に住んでいるということだろうか。

(義経《よしつね》も、ふだんここの北の対にいるのだろうか?)

見ると、ここには西の対もあるようだ。

だが、義経《よしつね》は屋敷《やしき》の主ではなく客だとはいえ、ここでいちばんえらいわけだ。北の対《たい》がよほど気にいらないとでもいう場合でなければ、北の対に住まうのではないか。

そうだとすれば……。

闇《やみ》にまぎれて北の対までしのんでいけば、寝首《ねくび》をかくことができるのではないか？

だが、北の対に住んでいるという確証《かくしょう》はない。

それに、実際《じっさい》にやるとすれば、その場所をこの目でたしかめなければならない。そして、どのぐらいの数の者が、義経のそばについているのか、どこにひかえているのかを知らなければならない。

なんとか北の対に入って、ようすをうかがえる機会があればいいが……。

ともあれ、今は、案内にしたがって、東の門を入り、中庭を通って、東の対に上がる段《だん》をのぼる。

さっぱりした広い室内は、女のものではない。女のものならば、鏡や長びつなど、こまごました調度があるはずだ。

やはりここは、千歳丸《ちとせまる》だけの住まいだろう。

弓がいく張《は》りもたてかけてある。

どれもいい弓だ。

部屋の中に立ち、中庭と反対の庭をながめると、なんと、弓場《ゆば》がある。

的にはった紙も白く、新しい。

的の背後《はいご》には、的をかけるため「安土《あづち》」という土の山をつくるものだが、屋敷《やしき》の塀《へい》の手前には、その安土もちゃんとこしらえてある。

「佐用《さよう》、来たか」

はだしの足音も軽く、わたり廊下《ろうか》からあらわれたのは、千歳丸《ちとせまる》だった。元気はよさそうだ。

「ああ。千歳丸、すごいな、ここには弓場があるのか？」

千歳丸はじまんげにうなずいた。

「できたばかりだ。弓がつかえぬように、屋根の下がっているところを切らせたのだ。これで雪の日でも、屋敷の中からけいこができるだろ」

「それはよい」

さよは、切り口のまだ新しいひさしを見あげて、たいしたものだと感心した。

なにがすごいといって、泰衡《やすひら》さまのおばあさまのものだったというゆいしょある屋敷の造作《ぞうさく》まで変えさせてしまったことが、だ。

泰衡《やすひら》さまが義経《よしつね》をどれだけ大事にあつかっているのか、よくわかる。

「この弓場《ゆば》は、佐用《さよう》と最初に使おうと思っていた。だから、おまえが来るのをまっていた。まずおまえがうて」

千歳丸《ちとせまる》は、にっと笑ってちょうど的前の場所を指さした。まだだれも的をためしていないという意味だ。

約束を守ろうとしたところや、さよをこんな形でうやまおうとするところなど、千歳丸にはなにか、人なつこく、かわいらしいところがある。

「おう、ではやろう」

さよはそういって、かついでいる自分の弓をおろし、矢をつがえる。

的の正面となる場所をはかり、両足をふんばって立つ。

きりきりとしぼり、はなった。

一射目《しゃめ》ははずし、安土《あづち》にささった。

少し立ち位置をかえて引きなおし、二射目はあてた。そして三射目も命中した。

「よし、おれも負けぬぞ」

千歳丸《ちとせまる》はそういって、床《ゆか》をどんとふみしめて立った。

きりきりとしぼる。ずいぶんと強い弓を引いているなとさよは思った。ちょっと強すぎるような気がした。その証拠《しょうこ》に肩《かた》が上がっている。強い弓のほうがいいが、あつかいきれないぐらいならば、弱いほうが的にはあたる。

だが、千歳丸は一射目《しゃめ》をあてた。なかなかだ、とさよは思ったが、二射目、三射目ははずす。力がつきたのだ。

よくやったではないかと、さよがいおうと思ったそのとき、千歳丸はうしろをふりむき、さっと顔色を変えた。

そこには、いつのまにか、義経《よしつね》が立っていたのだった。

「源氏《げんじ》の大将《たいしょう》になる者は、負けてはならぬ。何度いったらわかるのじゃ」

黄色い声が、猿《さる》のようにしわがれた顔から発せられた。義経は、拳《こぶし》をふりあげ、目をむいて千歳丸にせまっていた。

千歳丸は頭をかかえて、また亀《かめ》の形にしゃがみこんでいた。たたかれると思っているのだ。

「おまちください」

さよは思わず、両手を広げて、千歳丸《ちとせまる》と義経《よしつね》のあいだに立ちはだかっていた。

「そのようなことをして、なにか意味がございましょうか」

「なにをいう」

義経はおどろいたように、さよを見つめた。反抗《はんこう》されるとは、思いもしなかったのだろう。

さよもこんなことをいった自分に、びっくりしていた。できるだけおとなしくふるまって、義経に復讐《ふくしゅう》する機会をねらわなければならないはずだというのに。

だが、いったん口から出はじめた言葉は、止まらなかった。

「もしどのような場合も負けてはならぬと、こらしめにおうちになりますと、その結果、どうなりましょうか。だれもが千歳丸さまのおからだをおもんばかって、千歳丸さまに勝つことはなくなります。その結果、千歳丸さまはどんどんとお弱くなりますが、それでもよろしゅうございますか」

義経の右手の拳《こぶし》が、さっと頭の上にあがった。ぶるぶるふるえている。

うたれる、と思った瞬間《しゅんかん》、それは意外にもまっすぐ下ろされた。

「おまえのいうとおりじゃ」

義経《よしつね》はそうつぶやくと、ちっと舌打《したう》ちをして背《せ》をむけ、床《ゆか》を足でことさらのように大きくふみならして、消えた。

千歳丸《ちとせまる》は、義経がいなくなっても、亀《かめ》のような形のままだ。

さよは、ひざをついて、千歳丸の腕《うで》をとった。こきざみにふるえている。

「立て。もう一度やろう。弓が強すぎる。そこにならんだ弓にもう少し弱いものがあるだろう。かえたらいい」

千歳丸は横目でさよを見あげた。

「佐用《さよう》、なぜ、おれをかばった？」

「やりにくいからだ。いっさい勝てないでは、おれのけいこにもならぬだろ」

さよは、たいしたことはないというように、笑ってみせた。

千歳丸はばつが悪そうにため息をついた。

「さっきは、おまえがうたれるかと思って、どきりとした。父上は、反抗《はんこう》する者をけっしてゆるされないのだ。今日はなぜおまえをお怒《おこ》りになられなかったか、それが、ひどくふしぎだ」

それからは、毎日、千歳丸《ちとせまる》によばれて東の対《たい》に行くようになった。

しばらくたってのことだ。

いつものように弓のけいこをし、終わって屋敷《やしき》を出ようとしたとき、都風《みやこふう》の十二単《じゅうにひとえ》を着た女によびとめられた。

「こちらへおいでくださいませ。奥方《おくがた》さまが、およびでございます」

奥方さまとは、千歳丸の母のことだろう。

女の言葉も、都風の上がり下がりだなと、さよは思った。ひどくなつかしい。兄のところできくことは一度もなかったし、自分も最初はしゃべっていたかもしれないが、いつのまにかこちらの上がり下がりにかわっていた。

女は、都から奥方についてきたのだろう。

さよの前を、一歩、一歩と、長い袴《はかま》を前にけとばしながら進んでいく。かかとまでとどく長い髪《かみ》も、この歩きかたもなつかしい。

乳母《うば》を思いだす。よく乳母のあとをついて、こうやって廊下《ろうか》を歩いたものだった。

この女は年のころも、乳母とおなじぐらいだ。

いや、ちがう、と思いなおす。

もうあれからずいぶんたっているのだから、乳母《うば》が生きていたら、もうすこし年がいっているはずなのだ。

乳母は死んだ。

年をとることもない。

さよ姫《ひめ》さま、というあの声をきくことはない。

さよの手を引いたあの手のあたたかみを感じることはない。

そう思うと、目の奥《おく》がつんとした。

いや、こんなところで、泣いてはならない。けっして。


女にしたがって、わたり廊下《ろうか》を歩いていく。

北の対《たい》にむかっているようだ。

(なんと、ありがたい。機会がむこうからころがりこんできた)

これで北の対に入れる。中のようすがわかる。

だがそれはぬかよろこびだった。女は北の対へとつながる太鼓橋《たいこばし》の前を通りすぎ、さらに西の対にむかって進んでいく。

奥方《おくがた》は、西の対《たい》に住んでいるのだろうか。

廊下《ろうか》で、女はさよをとどめた。

「ここで、おまちください」

さよは都の作法を知っている。男が入れるのはここまでだ。

すだれの正面にあぐらですわる。両わきに手をついて頭を下げた。

頭を下げながら、ここ西の対に奥方が住んでいるとすれば、と、ふと考えた。

千歳丸《ちとせまる》のところでは、僧兵《そうへい》がいつも部屋のすみや、庭から、いつもこちらのようすをそれとなくうかがっていた。おそらく北の対にも、おなじように、いやもっともっとたくさんの警護《けいご》の者がはべっていることだろう。

だが、義経《よしつね》は奥方に会いに、夜になればここに来るにちがいない。

しかし、このすだれの中に入れる男は、義経と千歳丸だけだ。

僧兵なども、もちろん、中に入れない。

ということは、義経がここに来たときは、警護が手うすになるということだ。

やつを殺せる機会だ。

もしも、警護の者がふだんからこのあたりにいるとすれば……庭だ。

さよは、すばやくあたりに目を走らせた。

見たところ、外の庭にはだれもいない。

よし、やつを殺すなら、北の対《たい》より、西の対がいいだろう。

(むしろ、ここしかない)

さよは心を決めた。

だが、どうやって、夜ここに入る。

西の対にもほかの棟《むね》とおなじように、庭に通じる段《だん》がある。

五段ぐらいだ。段の下は中空で、縁《えん》の下もおなじだ。

千歳丸《ちとせまる》によばれて東の対に来たら、自分の宿にもどるふりをして、じつは帰らずに、廊《ろう》下《か》の下をくぐってここまで来て、段の下で暗くなるのをまち、女たちが戸を立てる前に、そっと上がって塗《ぬ》り籠《ご》めの中に入り……。

うまくやれそうだ。

にげ道は……と、さよはうつむいたまま横目で、縁の先を見た。

縁から庭にとびおりることはもちろん、できる。だが、床下《ゆかした》はさがされるにちがいない。

かくれるわけにはいかないだろう。

すまいにまっすぐもどるわけにもいかない。さわぎになれば、関係のありそうな者は、ことごとく調べられるにちがいないからだ。

だが、と考える。

敷地《しきち》の外に出ていくような足あとをつけておいて、そっとすまいにもどっているというのは、どうだろうか。

それなら、外から来た者のしわざに見えるかもしれない。すまいを調べに来ることもない。

そのためには、足あとをつけずにすまいに引きかえすことのできる方法を、さがさなければならない。

(そのうち、機会を見て、このあたりをたしかめに来よう)

あらかじめ着がえをおいておく場所も、見つけておかなければならない。

太刀《たち》で殺せば、返り血をあびるにちがいないからだ。血だらけの着物でうろうろするわけにはいかない。着がえは大切だ。

考えているうちに、すだれの内がわから、声がかかった。

「清原佐用《きよはらのさよう》とやら」

きこえるかきこえないかぐらいの、かぼそい女の声だ。

はあっとなるたけ低い声を出し、頭をさらに下げる。

「そなた、千歳丸《ちとせまる》をかばってくれたそうな。千歳丸は、なにかのたびに義経《よしつね》さまにうたれては熱を出し、いく日もふせっておりましたが」

やっぱりそうだったのだ、とさよは思った。

かわいそうに。

「義経さまは、自分は小さいときにそうやって曲芸師にしこまれた、技《わざ》を覚えるにはいちばんの方法じゃ、とおおせられるが、あまりにかわいそうで。それがそなたの忠言《ちゅうげん》で、どういうわけか、ぴたりとやんだのだとか。礼をいいたくてよびました」

ははっと、もう一度頭を下げる。

さよが義経になにかをいったことで、千歳丸へのしおきがやんだのであれば、うれしいと思った。

だが、ふしぎだ。

義経は、さよのような、名もない力もない者にたったひと言《こと》、いわれたからといって、自分の考えをまげたりするような男だろうか？

信じられないような気がする。

千歳丸《ちとせまる》も、

――父上は、反抗《はんこう》する者をけっしてゆるされないのだ。今日はなぜおまえをお怒《おこ》りになられなかったか、それが、ひどくふしぎだ。

と、いっていたではないか。

しかし、千歳丸の母はそうだという。

義経《よしつね》にいちばん近い人だ、そのとおりかもしれないが、ほかに理由があるのかもしれない。

「都から、わたくしたち親子三人は、ここまでやっとのことでにげてきました。何度も、もはやこれまでと思いました。それというのも、兄上さまに命をねらわれ」

兄上さまとは、鎌倉《かまくら》にいるという源頼朝《みなもとのよりとも》のことだ。

「兄上さまのために、義経さまは必死で戦い、そして勝ったのです。それなのに、ごほうびに帝《みかど》から位《くらい》をいただいたというだけのことで、兄上さまはひどくお怒りになって、まるであげ足をとるように、義経さまのあそこが悪いのここが悪いのと罪《つみ》をこしらえられて。

しまいには義経《よしつね》さまを討《う》てと命じられた」

袖《そで》で顔をおおうけはいと、すすり泣くような声が、すだれの中にあった。

そうだ、これがふつうの都の姫《ひめ》というものだった、とさよは思いだした。どうしたいかとも、なにをしてくれともいわない。こまったときになげくだけだ。

なされるがまま、運命のままに生きていくのだ。

父君にあとひとつ、あとひとつとくだものをねだったさよは、むしろ姫としてはめずらしかった。父君は、いつもわがまま、やんちゃといいながら、さよがそんなふうに自分の意思を通すことを、よろこんでおられた。

一度いいだしたらきかない。さよの心の中にはそういうかたいものがある。

ぬぐおうとしてもぬぐいきれない。

かくそうとしてもかくしきれない。

父君はそれをそのまま愛してくださったのだった。

それにしても、千歳丸《ちとせまる》の母の声は、細いだけではなくて、ふわふわして、芯《しん》に力がない。

ひょっとして、病気なのではないだろうか。

はたして、さっきの女がひざでにじりよるようすが見えた。

「もう横になられませんと、おからだにさわります」

「あと少し……あれをとってください、あれを」

女はあわてて立ちあがり、奥《おく》からなにか布《ぬの》につつんだ小さなものを手にしてもどってきた。すだれを少しだけ上げ、その下から、さよにさしだした。

「それはたくさんのものを、こちらに来てから、泰衡《やすひら》さまにいただきましたが、わたくしが自由にできるのは、都から大事にかかえてきたこれぐらいのもの」

「どうぞあけて、ご覧《らん》になってくださいまし」

女にうながされて赤い布を開くと、中には黒い漆塗《うるしぬ》りの丸い器が入っていた。練った香《こう》を入れておく香盒《こうごう》だ。

だが、その蓋《ふた》の金蒔絵《きんまきえ》を見て、さよはどきりとした。

蝶《ちょう》の模様《もよう》だ。羽根を広げた蝶が四羽くみあわせてあった。

蝶は平家《へいけ》の紋《もん》だ。

いや、とさよは思った。たまたま絵柄《えがら》に蝶をもちいただけのことだろう。だいいち、平家の紋は、とんでいる形ではなく、とまった形の羽根をつぼめた蝶だ。

これはちがう。羽根を広げている。

「ごえんりょなくおもちくださいませ」

さよがとまどっているからか、女はもう一度うながす。さよは、男のしぐさでおしいただいて、立ちあがった。


自分のすまいにもどって、もう一度布《ぬの》を開いてみる。

黒い漆《うるし》の面には、使いこまれたような細かい傷《きず》がある。四羽の蝶《ちょう》の形は金をふんだんに使ってうつくしく、すばらしい職人《しょくにん》がつくったものだということがわかる。

蓋《ふた》を開いたとき、思わずさよの目から涙《なみだ》がはらはらとこぼれでた。

あのにおいだった。

父君の着物にたきこめられたにおい。

さよはもちあげて、今度はしっかりとにおいをかいだ。

まちがいない。まちがえようがない。中は空《から》だが、のこり香《か》がある。

香《こう》の調合は、人による。おなじ材料を使っても、合わせ具合によってかおりはことなる。

そしてこれは父君のお好きだった香だ。

まるで父君がここにおられるようだった。

たぶん、これは平家《へいけ》の者がもっていたものではないのか。それもおそらく父君に近い人が、父君にもらってもっていたのでは。

(あの人はだれなのだ。千歳丸《ちとせまる》の母は……)

平家《へいけ》の姫《ひめ》のひとりなのか。

いや、そんなはずはない。

義経《よしつね》は、そして千歳丸さえ、平家の者をひどくばかにしていたではないか。

ふとさよの頭に、土足でふみこんできた源氏《げんじ》の者らの姿《すがた》がうかんだ。やつらは庭の池の鯉《こい》すらとって焼いていたのだった。

(そういえばあのとき、あっというまに屋敷《やしき》の中のものはどこかに消えた)

今まで気にもしていなかったが、漆《うるし》に貝のかざりをほどこした長持《ながもち》、簞笥《たんす》、着物、そのほかの小ものなどは、いったいどうなったのだろう。源氏の者らが、とっていったのではないのか。

ひょっとして、その中に、これもあり、それがまわりまわって、あの人の手に入ったのでは。

もしそうだとすれば。

なにかなさけない。

力ずくでうばわれたものを、ほうびにもらい、ありがたいと頭を下げねばならぬなど。

涙《なみだ》がもう一度、手の甲《こう》に、ぽたりと落ちた。


「おやおや、泣いておられますのか」

八瀬《やせ》が、膳《ぜん》をもってきた。八瀬は食事のたびによその棟《むね》にある台所に、膳をとりにいく。

さよの分と、自分の分だ。

「だから、兄上さまのおっしゃるとおりでしょう。いくらなんでも、男のふりなど。一日二日ならともかく、長いことできるものでは、ございませんよ。まあお小さいときに骨村《ほんむら》荘園《しょうえん》においでになったときから、ほんとうにいじっぱりというか、いいだしたらきかない、強情《ごうじょう》なおかたでしたけれど。かわいらしいお顔をしておられるくせに、馬に乗る、弓を引く、太刀《たち》をふるうといいはられて。それでも、できるまでは、けっしてけいこをおやめになりませんでしたが。でもさすがに、今度は、それとは話が、まったくちがいますでしょう」

八瀬は、骨村の出身だ。若《わか》いときから兄の館の台所で働いているから、さよのこともよく知っていて、えんりょもえしゃくもなしにいう。

「もう、骨村荘園《ほんむらしょうえん》にもどりたいとお使いを出されては、いかがです？　兄上さまが、きっと、なんとかしてくださいますよ」

さよは首をふった。

復讐《ふくしゅう》をすると決意したのだ。

とげなくては帰れない。

だがあの人は、敵《てき》なのか、それともさよの一族なのか。

「八瀬《やせ》、教えてくれ」

さよの真剣《しんけん》な目つきに、八瀬がたじろぐのがわかる。

「あの人は、千歳丸《ちとせまる》の母は、どこから来たどんな人なのだ？」

「え、奥方《おくがた》さまでございますか？　さあ……きいたことは……」

八瀬は最近、台所の女たちとなかよくなった。仕入れてきたうわさ話をさよにするのが、いつも、ちょっとした楽しみにもなっているようだった。だから、八瀬なら知っているのではと、思ったのだったが。

「では、今度、台所でどなたかにうかがってまいります。それにしても……」

と八瀬《やせ》は、眉根《まゆね》をよせてさよの顔をうかがった。

「なにやら、ふおんなうわさがございますよ。鎌倉《かまくら》の頼朝《よりとも》さまが、義経《よしつね》さまを討《う》てと命じられたとか」

ああ、それは知っている、さっききいた。今にはじまったことではなく、義経一家がここに来る前からのことだ、といおうと思ったが、八瀬が得意げな顔で話しているので、ただ、そうか、とだけこたえた。

「泰衡《やすひら》さまはおことわりになっているのだとか。でも、もしも泰衡さまが頼朝さまの命令にしたがわれる気になったとしたら……」

八瀬は、いちだん声をひそめた。

「ここ、接待館《せったいだて》はどうなりますかね。泰衡さまの軍勢《ぐんぜい》が入ってくるのでしょうか。ここで働く者はみな地もとの者で、義経さまとは縁《えん》もゆかりもございません。だが、そうなったら、にげられるのかどうか。みなはそれを心配しております」

「いや、だいじょうぶだろう。泰衡さまが義経を討つなどということはない」

さよはうけあってやった。

泰衡さまのにこにこした人のよいお顔が目にうかぶ。それにもし、藤原《ふじわら》がたにそんなっもりがあったのだったら、そもそもここへ義経《よしつね》を引きうけたりしない。

八瀬《やせ》は、次の日、さっそくどこかからもどってくると、

「あのかたのこと、きいてまいりましたよ」

と、じまんげにいった。

千歳丸《ちとせまる》の母のことだとすぐにわかる。

「なんと、もとは平家《へいけ》のお生まれだそうで。平時忠《たいらのときただ》という人の娘《むすめ》だそうです」

「え？　ほんとうか？」

さよは思わず大きな声を出した。

時忠という名ならば、さよもきいたことがある。さよのひいおじいさま、平清盛《たいらのきよもり》の義理《ぎり》の弟君かなにかだったはずだ。だが、そんなかたの娘が殺されずに生きているなど、信じられない。

「しっ、大きな声をお出しになってはいけません」

と、八瀬はくちびるに指をあてた。

「なにせ平家ですからね。このことは、秘密中《ひみつちゅう》の秘密だそうですよ。奥方《おくがた》さまは、表むき、武蔵《むさし》の長者、河越太郎《かわごえたろう》という人の娘で、都に上がって時忠の養女になってのち、義経さま

と結婚《けっこん》されたと。だから、平家《へいけ》と血のつながりはないということになっているのだとか。でもほんとうは逆《ぎゃく》だそうです」

「逆、とは？　どういうことだ？」

「まだ平家のさかえていた時分、河越太郎《かわごえたろう》のところに世話になっていた義経《よしつね》さまが、たまたま乳母《うば》の里かたにご病気の治療《ちりょう》で来ていた平家の姫君を見そめて、むりやり結婚してしまったのだとか。だからほんものの平家の血筋《ちすじ》なんですって」

ふうっと、さよはため息をついた。

なんと、平家とは。

おどろいた。

だが、ならば蝶《ちょう》の香盒《こうごう》をもっていたこともわかる。平家とつながりのある人だったのか。

——都から大事にかかえてきた。

たしかにあの人は、そういった。

「それにしてもおどろきます。きくところによれば、義経さまは、平家を蛇《へび》か毒虫かであるかのようにおきらいになって、戦《いくさ》のおりには、なさけようしゃなく殺されたそうじゃありませんか。その奥方《おくがた》さまが、まさか、平家のお生まれとはね。人というのはわからないものです」

ほんとうだ。

そういえば、千歳丸《ちとせまる》はこのことを知っているのだろうか。

いや、知らないだろう、とさよは思った。

千歳丸をむちでうちすえたときの義経《よしつね》のいいかたを思いだす。平家《へいけ》のようになるな、といっていた。

秘密《ひみつ》というのは、千歳丸にはいうなということもふくんでいるにちがいない。

しかし……。

ということは、千歳丸とさよも、血のつながりがないとはいえないのだった。

五

都からの船

それからしばらく、さよは、義経《よしつね》一家のことを考えたくない気持ちだった。

だんだんと、ここに来た目的、復讐《ふくしゅう》の用意がととのってきたように思われる今、本来ならば、さっさと出かけて、あそこの屋敷《やしき》の裏手《うらて》をさぐっているべきだというのに、動く気になれない。

(どうする気だ、さよ)

自分に問うてみる。

心に思ったことは、なしとげなければ気がすまないのが、おさないときからのさよの性《せい》格《かく》だ。その気持ちはおさえつけてもむだだと、自分でわかっている。

だが、今回は……。

この地にやってきてから、もう何年も、そのつもりで努力してきたというのに。

そしてそれが、もうすぐみのろうとしているというのに。

からだが動かない。

病気でもないのに、からだが重い。

なにかしようと思い、弓や太刀《たち》などとりだしても、けいこをはじめたとたんに、めんどうくさく感じて、やめてしまう。そして、することがないので、昼間なのに、着物をかぶって寝《ね》ている。

こんなことは、今まで一度もなかったことだ。さよは、兄にたのんで弓馬《きゅうば》や太刀さばきを習いはじめたときから、どんな日もけいこを休んだことはなかった。

ありがたいことに、しばらく、泰衡《やすひら》さま主催《しゅさい》の行事がつづいたらしく、千歳丸《ちとせまる》はそちらに出なければならないからか、使いは来なかった。

破魔《はま》だけは、毎朝出して走らせてやらないと、うまやにばかりいてはかわいそうだと思うので、それだけはからだを引きずるように出ていって、やる。

ある朝、破魔を走らせたあと、すまいにもどって、横になっていると、八瀬《やせ》がゆりおこしに来た。

「船が着くらしいですよ。うっとうしい顔をしていないで、さあ、気晴らしに、わたしといっしょにまいりましょう」

「船とは？」

「都からの船ですよ。せっかく平泉《ひらいずみ》にいるのですから、見に行かねば。骨村《ほんむら》ではけっして見られませんもの」

八瀬《やせ》は、さよを引っぱる。

もそもそとおきあがると、八瀬はちょっとこずるく笑った。

「兄上さまがおもたせになりましたでしょ？　あれをおわすれになりませんように」

「あれとは？」

「砂金《さきん》の袋《ふくろ》でございますよ」

八瀬はふふっともう一度笑う。

「兄上さまになにかめずらしいものをお買いになっては？　ついでにわたくしめにもなにかちょうだいできれば。ほんの、ほんの小さいものでけっこうでございますから、こちらに来た記念に、都のものを」

ああ、そうか、と思いだした。

兄は骨村荘園《しょうえん》を出るときに、平泉で使えと、小さな砂金の袋をいくつかくれた。

八瀬はそのことを知っている。

兄におくりものを？

そんなことは、考えてもみなかった。

さよの頭の中には、復讐《ふくしゅう》をとげることしかなかったからだ。

だが、八瀬《やせ》の目は、期待をこめて、さよをじっと見つめている。

八瀬にはここに来てから、ひとかたならぬ世話になっている。女とばれずにいられるのも、用心深く水あびをさせてくれ、着がえさせてくれる八瀬のおかげだ。しかも八瀬は、生まれてはじめて骨村荘園《ほんむらしょうえん》を出たというのに、さびしいともなんともいわず、こらえていた。

この願いには、こたえずにおられないだろう。

「わかった、行こう」

さよはこたえた。

きっと混雑《こんざつ》するはずだと、八瀬がいうので、破魔《はま》には乗らず、歩いていくことにする。

衣川《ころもがわ》の河口《かこう》、北上川《きたかみがわ》と合流する場所にむかって、川岸の道を下る。

十のつく日に市が立つという十日町《とおかまち》をすぎる。ここには人家もたちならび、かなりの大きさの町になっている。そこを通りすぎれば、次は少し小ぶりの七日町《なのかまち》だ。

七日町《なのかまち》のはしはもう衣川《ころもがわ》の河口《かこう》だ。水は、北上川《きたかみがわ》に流れだしている。

道の行きどまりが、河港《かこう》になっているようだった。

だが、あたり一帯に人だかりがしていて、人のうしろ姿《すがた》ばかり見えて、先のようすはわからない。

「こんなにたくさんの人を見たのは、生まれてはじめてですよ」

八瀬《やせ》はいった。

「人だけで、わたしはもう、くらくらしそうです」

まったくだ、人が多い、とさよも思った。この前の流鏑馬《やぶさめ》のときも、人出は多かったが、いってみれば武者《むしゃ》やその家来たちばかりだった。

ここには、まさにこのあたりの町場の人が集まってきていた。平泉《ひらいずみ》にはこれだけの人が住んでいるのだ、とあらためておどろく。

トントコ、トントコと、太鼓《たいこ》の音がひびいてくる。

エーンヤ、エーンヤというかけ声もきこえる。河岸にならぶ人びとが、声を合わせて、船を出むかえている。

「こちらのほうが多少、すいておりますよ」

八瀬《やせ》は、北上川《きたかみがわ》の上流にむかってどんどん進んでいった。

川岸の小高い石垣《いしがき》の上に立つ。さよもおなじようにならんだ。

長く広がる川面《かわも》が見えた。

北上川は、日にかがやき、まるで海のようだ。

その中を、大きな船が、するするとのぼってきていた。

帆《ほ》は下ろしたままで、岸からのかけ声に合わせて、櫂《かい》を動かしている。

帆柱には、色とりどりの吹《ふ》き流《なが》しをつけ、船の欄干《らんかん》にも布《ぬの》をめぐらしていた。

ほとんどはだかの男が船べりに立ち、頭から川にとびこむ。

さよは思わずびくりとし、目をつぶった。あのときのことを思いだす。戦《いくさ》のときだ。こうやってさよも乳母《うば》も、船から海にとびこんだのだった。

今、男はとびこんでから、船からなげられた綱《つな》を受けとり、岸まで泳いでいる。

男が岸に上がると人びとは声をかけ、肩《かた》をたたいて歓迎《かんげい》している。太鼓《たいこ》の音もひときわ大きくひびいた。

太鼓は一列にならび、まつりの衣装《いしょう》を着た男たちが、音に合わせておどっている。

「きれいですねえ。わたしはこういうにぎやかなの、大好きで」

八瀬《やせ》はよろこんでいる。

「いっぺんあの船に乗って、にぎやかな都に行ってみたい。でも都はさぞかし遠いんでしょうねえ」

この船でそのまま都に行けるわけではない、とさよは八瀬の言葉をききながらくすりと笑った。さよは知っている。海をわたる船と川をのぼり下りする船は形がちがう。海の船は底が深く、川の船は浅く平たい。これはたしかに大きくて帆《ほ》も広いが、川の船だ。たしかに人や荷物は都から来たのだろうが、きっとどこかでつみかえ乗りかえながら、のぼってきたのだろう。

男が泳いではこんだ綱《つな》は、今度は岸辺にまちかまえていた屈強《くっきょう》な男たちに、引っぱられる。

船は、引きよせられて、しだいに岸に近づいてきた。

こぎ手を応援《おうえん》するように、エーンヤ、エーンヤというかけ声がつづく。

ついに船は岸につき、こぎ手が手をとめた。

櫂《かい》がいっせいに水からもちあげられる。綱がくいに結びつけられ、わたり板がわたされた。

着かざった人びとが、そろそろとおりてきた。

棒《ぼう》に下げた長持《ながもち》や、箱も下ろされる。

ひとしきり歌や踊《おど》りが披露《ひろう》されたところで、その人びとや荷物は、そろそろと岸辺の道を進んでいった。

「あの行列は、どこに行くんですか？」

八瀬《やせ》は、となりの男にきいている。

「ああ、あれはね、あっちのほう、平泉館《ひらいずみのたち》か、伽羅御所《からごしょ》に行くんだよ。貢《みつ》ぎものをもってね」

「平泉館？」

「そうだ、ほら、北上川《きたかみがわ》の川沿《かわぞ》いに見えるだろう。以前、清衡《きよひら》さま、基衡《もとひら》さまのおすまいだったところだ。伽羅御所はここからは見えないが、さらにそのむこう、秀衡《ひでひら》さまがおすまいだったところで、今は泰衡《やすひら》さまがおられる」

男の指さすほうを、さよもながめた。

遠く、こんもりとした植えこみの中に、大きな屋根がいくつか見えた。川から水を引きこんで堀《ほり》もめぐらしてある。おそらくこの前流鏑馬《やぶさめ》のあった北野天神《きたのてんじん》から見ると、ちょうど北東の方向にあたるのだろうと思われた。

行列が行ってしまうと、今度は商人が都に注文したのであろう大きな荷物が下ろされてゆき、船に乗っていたのこりの人びとが、順にわたり板をおりてきた。

「さあ、いよいよめあてのものが出てきますよ。行きましょう」

八瀬《やせ》は、うれしげにいう。

さきほど、太鼓《たいこ》がならんでいたあたりまでおりていくと、そのあたりにはもうすでに人だかりができていた。

餅《もち》を焼くこうばしいかおりがしている。

焼き魚のにおいもする。

この人出をあてにしてのことだろう、たき火をたいて、串《くし》にさした餅や魚を焼いて売っているのだった。

道の反対がわには、両手に動く人形をもって、胸《むね》の前あたりで動かし、芝居《しばい》をしながら見せている女もいる。

「あれも、船に乗ってきたのか？」

さよは女を指さしてきいたが、八瀬は、さあ、あれはこのあたりの者でしょう、前に骨《ほん》村《むら》でも見たことがあるもの、とそっけない返事をする。

「船で来ためずらしいものは、きっとあちらのほうですよ」

八瀬《やせ》ははしゃぎながら、別の方向にさよを引っぱっていった。

そこには、布《ぬの》をしいてすわり、品物をならべている者たちがいる。

「ほら、たくさんございますでしょう」

そういうなり、自分はもうひざをついて、品物を調べはじめていた。

たしかに、ここではあまり見たことのないものがならんでいた。

都のものだ。

ひも、房《ふさ》、扇《おうぎ》、小刀、皿、布の小切れ。

だが、どれも、あちこちの港へともってまわったのだろう。ほこりがついて、古びている。

平家《へいけ》の屋敷《やしき》にいたさよの目からすれば、どれも上等なものではないと、すぐにわかる。

おそらく、もしいいものをもってきても、それは高く買ってくれそうな長者《ちょうじゃ》の家に、じかにもっていったりするのだろう。

こういうところで売るのは、きっと、売りやすいものだ。小切れなどは、もともとは一着の着物だったのだろうが、わけて売るために切ったにちがいない。

さよは、わきにある、かれた葉の丸いかたまりに気がついた。

くるりと丸まった小さな葉。橘《たちばな》の葉だ。

葉のあいだには、おなじようにかれた花も見えかくれする。

そして、かたまりには、五色《ごしき》のかざりひもが下げてあった。

(薬玉《くすだま》だ……)

薬草を入れた布袋《ぬのぶくろ》を芯《しん》に、花などを鞠《まり》のようにまとめ、魔除《まよ》けとして、すだれや柱に下げるものだ。

都では、おたがいの無事を念じてこれをつくり、端午《たんご》の節句《せっく》に友人、知人におくりあう風習だった。

時期になれば、盆《ぼん》にのせたうつくしい薬玉が、だれだれさまからのおくりものですという言葉とともに、たくさん屋敷《やしき》にとどいた。

女たちは集まって、お返しにつくる薬玉をどの色にするか相談し、花なり葉なりを出入りの者に集めてこさせ、布袋をぬい、薬玉にまとめて、ひもを下げ、よその屋敷にとどけていた。

毎年、ちょっとしたさわぎだったことを、思いだす。
あの雰囲気《ふんいき》の楽しさ。
さよはおさないころから、その時期を楽しみにしていた。
ここで、その薬玉《くすだま》を見ることになるとは。
それも、この場所にはない橘《たちばな》の葉と花だ。
かれてはいるが、この葉の形が、ひどくなつかしい。
手にとって、かいでみる。
芯《しん》に入れた蓬《よもぎ》と菖蒲《しょうぶ》のにおいが、まだかすかにのこっている。
もとはだれがつくり、どこの屋敷《やしき》にかざってあったのだろう。
そして、どうやってここまでたどりついたのだろう。
「兄上さまへのおくりもの、なにか見つかりましたか？」
八瀬《やせ》がきく。
「あ、ああ……」
なま返事をしながらも、思った。
なにかおくるとすれば、さよは、兄にこれをおくりたい。

なつかしさと、そして、兄に、悪いことがふりかかりませんように、という意味をこめて。

たぶん都に暮《く》らしたことのない兄には、意味がわからないだろうが。

ここにたどりついて以来、大事にしてくれた人、かわいがってくれた人、それが兄だった。

今、思う。

兄には幸せになってほしい。

いちばん幸せになってほしい人だ。

「あのう、よろしいでしょうか、わたしは……これが」

八瀬《やせ》は、ちょっとえんりょがちに、しっそな柘植《つげ》の櫛《くし》を指さした。

「ああ、わかった。うつくしいこちらのほうでなくてよいのか?」

さよは、となりの漆塗《うるしぬ》りの櫛を指す。きれいな桜模様《さくらもよう》が入っている。さほどいたんでもいない。

「いいえ、そんな上等なものでなくて、わたしはふだん使える、これが」

さよはちょっとおかしくなって、声を出して笑った。八瀬はなにか買わせるねらいで自分をここまで連れてきたくせに、いざとなってえんりょをする。

「この櫛《くし》とこの櫛、それから、この薬玉《くすだま》を」

さよは売り手の男にそういい、砂金《さきん》の小袋《こぶくろ》をわたした。

「兄上さまに、櫛、ですか？」

八瀬《やせ》はおどろいている。

「いや、櫛はふたつともおまえにやるよ」

さよがそういうと、八瀬は目を丸くした。

「では、兄上さまに、このかれ葉のかたまりを？　こんなもの骨村《ほんむら》にだってありますよ」

「いや、これには、おまえの知らぬ力がそなわっているのだよ」

「これにですか？」

「そうだ、魔力《まりょく》のある貴重《きちょう》な玉なのだ」

八瀬は、びっくりしている。

橘《たちばな》の薬玉を、男から受けとりながら、さよは、今、心から、兄に会いたいと思った。

川岸の道に、布《ぬの》をしいて品物を広げる者は、だいぶ奥《おく》までつづいていた。

ご自分にもなにかお買いなさいませ、といいはる八瀬《やせ》といっしょに、順番にながめていった。

それでも、あまり気をひかれるものはなさそうだと、引きかえしかけたときだ。

さよは、ふと気がついた。

人気のないいちばんはしに、先のとがった市女笠《いちめがさ》をかぶった女が、ぽつりとはなれてすわっている。

ほかには、ひやかしもふくめて、それぞれ人がたかっているというのに、その女の前には、だれもいない。

さよはなぜか気持ちがひかれて、そこによっていき、女の前にひざをついた。

女が自分の前にならべているのは、貝だった。

(貝合《かいあ》わせのだ……)

ふせてあるが、わかる。

さよは思わず、ひとつを手にとった。

大きく、りっぱなはまぐりだ。

だれも興味《きょうみ》を示さないということは、ここの人びとは、貝合わせで遊ばないのかもしれない。

引っくりかえすと、内がわに絵が描《か》かれている。それも、金をもちいた豪華《ごうか》な図柄《ずがら》だった。さきほどの男が売っていたようながらくたとは、わけがちがう。

よい品だ。この前千歳丸《ちとせまる》の母がくれたものと、おなじほど質がよい。

そうとうな絵師《えし》が描いたのだろうと思われた。

それより、この貝の手ざわりはなつかしい。

さよの乳母《うば》は、貝合わせの名手だった。

貝合わせは、もともとひとつの貝だったもののかたわれを、ふせた貝の中から選ぶ遊びだ。見てわかるのは、貝の縞目《しまめ》と色だけだ。

毛氈《もうせん》の上にかたほうの貝のみをならべ、手にした貝とおなじものを、縞目と色だけで見ぬき、とる。そして両方の貝を合わせるのだ。

もとがおなじ貝でなければ、貝というものはけっしてぴったり合わない。

もし合わなければ、お手つきとなる。

だが、乳母がお手つきをしたところを、さよは見たことがなかった。

正座《せいざ》になり、腰《こし》をうかせると、じっとながめてさっと右手で優雅《ゆうが》に、貝をすくいとった。

その技《わざ》は、まるで弓や太刀《たち》の技のように、見事としかいえないものだった。

貝合《かいあ》わせの貝は、全部で三百六十組あるはずだ。出貝《だしがい》と地貝《じがい》を合わせると七百二十個《こ》だ。

だが、ここにはそれほどの数はない。せいぜい四十ぐらいだ。

おそらく、先ほどの男とおなじように、売りやすいように小わけにしているのだ。

（だが、こればかりはな。ばらばらでは貝合わせはできまい）

そう思うと、少しおかしくなって、さよはふふっと笑った。

そのときだ。

さよの笑い声に、女が顔を上げた。

笠《かさ》にぐるりと下がるたれ布《ぬの》のあいだから、女の顔がちらりと見える。

「笙子《しょうこ》！」

さよは思わず声をあげた。

乳母《うば》の名前だ。

女は化粧《けしょう》はしていなかった。

だがほほのふくらみ、目の下がり具合は、乳母を思わせた。

「え？」

女はけげんな声を出して、両手でたれ布《ぬの》をかかげる。

（ちがう……）

光の中で見れば、見まちがいだとすぐにわかるのに。乳母《うば》は死んだというのに。

「わたしは、笙子《しょうこ》ではありません。高子《たかこ》と申します」

女はいった。

あきらかに、声もちがう。

「すまない。知りあいと見まちがえた」

さよはいった。

それから、ふと、この女からなにかを買ってやろうと思いついて、貝をひとつとりあげた。

「この貝はどうしたのだ？」

女は用心するようにいったんくちびるを閉《と》じてから、ゆっくり口を開いた。

「おつとめしていた、都のお屋敷《やしき》でいただきました」

「貝桶《かいおけ》はないのか？」

あればそれも買ってやろうと思った。貝桶は出貝《だしがい》を入れるものと地貝《じがい》を入れるものと、ふたつあるはずだ。

女はまるではじるように、身をかたくした。

「ございません。貝桶《かいおけ》を売り、その代金で、船に乗せてもらいました。貝のほうは港ごとに、こうやって少しずつ売っては、食べものを求めております」

「どうしてここに来た」

女は、きゅうに口を引きむすんだ。

「どこの屋敷《やしき》にいたのだ？」

女は、こたえずに下をむき、ほかにすることもないのでしかたなく、といったようすで、貝をきれいにならべはじめた。

そのしぐさは、この女が、貝合《かいあ》わせになれているということを示していた。

(平家《へいけ》のどこかの屋敷につとめていたにちがいない)

それも姫《ひめ》か奥方《おくがた》のちかくに仕えていた。

あの混乱《こんらん》の中をにげだし、親しい者も死に、行き場もなくあちこちを旅している。

さよの屋敷にいた女たちも、きっとみな、そうやって人知れず、どこかに散っていったのだろう。

「これから、どこに行くのだ?」

女はため息をそっとつき、人だかりのほうを指さした。

そこには、旅芸人の一座《いちざ》がいて、曲芸を披露《ひろう》していた。

今、小さな子が、くるりくるりと宙返《ちゅうがえ》りを見せているところだ。あんな小さな子なのに、あの宙返りを覚えたのか、とさよはふと思った。曲芸師にきびしくしこまれたという、義《よし》経《つね》のことをちらりと思いだす。

「どこに行くのかは知りません。いっしょに連れていってくれるという約束で、あの者らに金をはらいました……おそらくここから、さらに北に」

このさらに北にむかうというのか。

今からまだまだ寒くなるというのに。

さよはふところをさぐり、砂金《さきん》の袋《ふくろ》ののこりをすべてとりだした。

女の目の前におく。

「これを、もっていけ」

え、と女がびっくりしてさよの顔を見る。

「からだに気をつけてすごせ」

さよが立ちさろうとすると、女は手をのばしてさよの着物をとらえた。

「おまちください。こんなにいただくわけにはは。では、せめて、これを……」

女は布《ぬの》の上の貝をすべてさらえて、さよの着物のそでに入れようとする。

「よい。それもどこかで売れ」

さよは、おどろく八瀬《やせ》を引っぱって、その場をあとにした。


その夜、さよは眠《ねむ》れずに、何度も寝《ね》がえりをうった。

暗闇《くらやみ》の中で考える。

都からの船のおかげで、さよの心の中には、相反するふたつの気持ちがもたげている。

ひとつは、骨村荘園《ほんむらしょうえん》に帰りたい、兄に会いたい、という気持ち。

平家《へいけ》の姫《ひめ》だったこと、都のことなどさっぱりとわすれ、あののどかな場所で、破魔《はま》といっしょに思うぞんぶん駆《か》け、兄と弓や馬について話し、笑いあいたい。ずっとずっとそうできたら、どんなに幸せだろうか。

だが、もうひとつは、前にもまして、源氏《げんじ》を、義経《よしつね》をにくいと思う気持ちだった。

どれだけの者たちが、突然《とつぜん》、都に攻《せ》めいられて、苦しんだことだろう。乳母《うば》のように死んだ者たちだけではない。平安な暮《く》らしをうばわれ、居場所《いばしょ》を追いだされ、今もおびえ、さまよっている者が、どれほどいることだろう。

なによりも、平家《へいけ》が守ってきたうつくしいものや、うつくしさを愛《め》でる心が、まるであの貝合《かいあ》わせの貝のように、ちりぢりばらばらにされてしまったことが、くやしくてたまらない。

いったい、どちらが自分の気持ちなのか。

義経《よしつね》を殺すということは、こちらに来てから、ずっと心に決めてきたことだ。けれども、それはあくまでさよの心の中にあるだけだ。だれにもつげたこともなく、だれも知らない。

さよがなにもしないと決めれば、それですむ。

そうすれば、人をあやめるなどということはしなくてよい。

だまって骨村荘園《ほんむらしょうえん》にもどればよい。

そのほうが気が楽だ。

自分の一族につながっているであろう千歳丸《ちとせまる》やその母をかなしませることはなくなる。

義経がどんな人間であるにしても、千歳丸やその母は義経を大事に思っていることはたしかだからだ。

なにもしないと決められさえすれば、さぞかし、自分もほっとすることだろう。
(だが、それでよいのか、さよ)
さよは、もう一度寝《ね》がえりをうった。
わすれることは、とうていできそうにない。
海に落ちていった者の顔は。
そして自分がだれであるかも。

六

消息

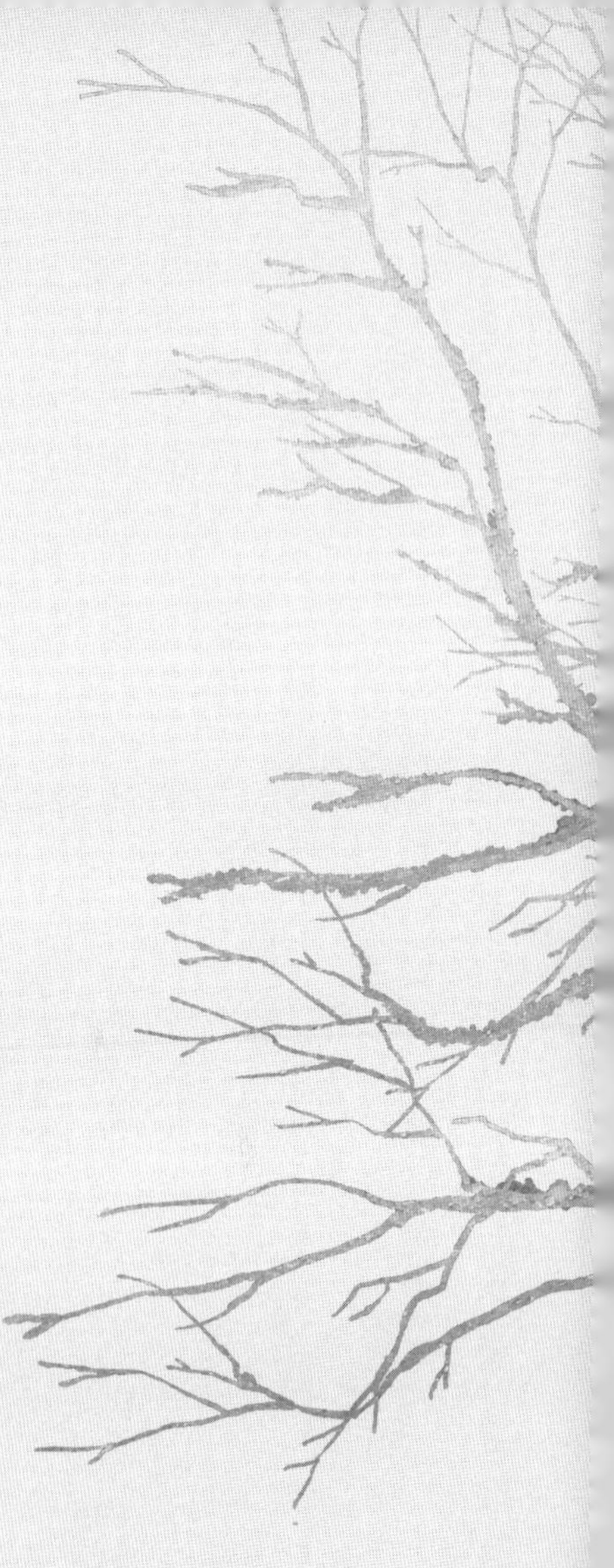

都から来た船のうわさは、千歳丸《ちとせまる》にもとどいていたようだった。

次によばれたとき、さよが見たというと、千歳丸はうらやましがった。

「どんなだった?」

「どんなって、船は船だ」

さよがこたえると、千歳丸はひどく不満そうな顔をした。

「だから、どんな船だ? 大きかったか?」

「ああ、まあな」

千歳丸は、ぷっとほほをふくらませた。

「おれも見に行きたかった。もう船はもどってしまったそうな。どうして声をかけてくれなかった」

「悪かったな。そんなに見たかったのか」

さそってやればよかったとも思ったが、もし外に連れだしたら、あの大男の僧兵《そうへい》にまたさぞ怒《おこ》られたことだろう。

「おれがさそわなくても、おまえが見たいとひと言《こと》いえば、行列でもくんで連れていってくれたのではないのか？」

さよはかるく笑いとばした。

「おまえといっしょに見たかった」

千歳丸《ちとせまる》は、すねたようにそういった。

さよはもう一度、笑った。今度はほんとうにおかしくて。

千歳丸は、まだ子どもだ。最初会ったときは、つっぱって生意気なことをいい、父のまねをして、さよを威嚇《いかく》するようなふりをしてみせたりしたが、ほんとうはすなおな少年だ。かわいい。


さらにしばらくしてのことだった。

さよのすまいに、千歳丸がやってきた。うしろには、あの大男の僧兵《そうへい》が無表情《むひょうじょう》でしたがっている。

千歳丸本人がさよのところに来るなど、はじめてのことだ。いつもはたいてい、若《わか》い僧兵がひとり、使いに来る。

「佐用《さよう》、いっしょに来い」

千歳丸《ちとせまる》はひどく急いでいる感じだった。

「都からやってきた坊主《ぼうず》が、講堂《こうどう》で話をするという。行こう」

「おれはいい」

とさよはことわったが、千歳丸は、さよの手をとって引っぱった。

「おれは、おまえといっしょに、都の話をききたいのだ」

さよはそっとため息をついた。都の話などききたくない。かなしくなるだけのことだ。

しかし、千歳丸がわざわざよびに来たのだ。むげにはことわれない。

八瀬《やせ》がそんなところに行くのですか、というようなしぶい顔をしているのがわかる。僧《そう》兵《へい》には気をつけろという考えの八瀬からすれば、僧兵のたまり場の講堂に入るなどとは、とんでもないことだ。

だが、しかたない。

「だいじょうぶだ。千歳丸といっしょだから」

八瀬を安心させて、すまいを出た。

千歳丸《ちとせまる》は、走るように接待館《せったいだて》の敷地《しきち》の中の道を進んでいく。大男の僧兵《そうへい》は、それを追いかけていく。

さらにそのあとを、さよは追った。

講堂《こうどう》は、敷地の東のはずれにある建物だ。大きいが、ごくかんたんなつくりだ。義経《よしつね》についてきたたくさんの僧兵に使わせるため、急ごしらえでつくられたにちがいなかった。屋根はただの板葺《いたぶ》きで、大風にとばないよう石がのせてある。柱も、本来は朱色《しゅいろ》などにぬるべきなのだろうが、白木《しらき》のままだった。

はだしになって上がると、人の汗《あせ》のすっぱいにおいと、護摩木《ごまぎ》を焚《た》くすすけたにおいが鼻をついた。

中には僧兵がすきまなくぎっしりとすわっていた。この屋敷にいる僧兵がみな集まっているようだった。

正面奥《おく》に仏像《ぶつぞう》がならんでいる。これはさほどりっぱではない。箱に入れて背負《せお》えるぐらいの大きさのものだ。こちらに来る際《さい》にはこんでもってきたのだろう。仏像の前にこちらをむいて、金の袈裟《けさ》を着た僧侶《そうりょ》がすわっていた。

千歳丸が講堂の中に入ると、中の僧兵たちが、さっと道をあける。

千歳丸《ちとせまる》は僧侶《そうりょ》の前に大股《おおまた》で進み出ると、その正面にあぐらですわった。

「そなたは、都から来たとのことじゃな。話をきかせてくれ」

僧侶を見あげていう。

相手は、千歳丸のえらそうな態度《たいど》に、ちょっとおどろいている。

「義経《よしつね》さまのお子、千歳丸さまにございます」

大男の僧兵がいって、頭を下げいちばんうしろに下がる。

千歳丸はさよに、ここにすわれと、自分のすぐ横を指さした。

さよもそこにあぐらですわる。

「いったい、都のなんの話を、おききになりたいのか？」

僧侶はとまどったように千歳丸を見かえす。

「なんでもじゃ。なんでもよい」

千歳丸はむじゃきにこたえた。

「おれは都で生まれた。だがすぐに母上とともに都をはなれたときいておる。おれは都のことを知らぬ。生まれた場所のことを知りたいだけじゃ」

「残念《ざんねん》ながら、今の都は、もうすでにそのころの都ではございませぬ」

僧侶《そうりょ》は、千歳丸《ちとせまる》のあこがれに水をさすように、ぴしゃりといった。

「二年つづきの飢饉《ききん》で大勢《おおぜい》が死にました。あまりの多さに、死んだ者が道にうちすてられて、腐《くさ》るにまかされておりましたぐらいで。さらに、平家《へいけ》が都を出る際《さい》に、かなりの数の屋敷《やしき》を焼いていきましたゆえ、鴨川《かもがわ》の東のあたりは、焼け野原となり……」

たしかにそうだった。都を出るとき、乳母《うば》が牛車《ぎっしゃ》の窓《まど》から外をのぞき、ああ、あの屋敷も燃えてしまった、この屋敷も燃えてしまった、もうなにもない、となげいていたのを思いだす。

さよの住んでいた屋敷は平家のものではなく、母君のものであったので、焼かれずにすんだと乳母はいっていた。だが、結局のところ、そこにも源氏《げんじ》の軍勢《ぐんぜい》が入りこんできた。

たしかに、都は、千歳丸の生まれたころの都、いやさよの住んでいた都ではない。かなしいが、じゅうぶんにうなずけることだ。

「……つづく戦乱《せんらん》で、あれほうだいとなりました。盗賊《とうぞく》がわがもの顔でのさばり、屋敷のあと地は、なんの権限《けんげん》もない者に勝手に畑とされています。それならばまだましというもの。草ぼうぼうのまま、荒《あ》れ野《の》と化しているところもございます。今、都にはたしかに帝《みかど》はおられますが、都の秩序《ちつじょ》をたもつだけの力はおもちではない」

僧侶《そうりょ》がそういったとき、講堂《こうどう》にいた全員が、身をかたくしたのがわかった。

いちばんうしろにすわっていたあの大男の僧兵が、怒《おこ》ったように立ちあがった。

「それはまちがいだ。帝《みかど》に力がなければ、いったいだれにあるというのだ」

僧侶は、ちょっとこまったようにまばたきをしたが、言葉を継《つ》いだ。

「わたしはここに来るのに、鎌倉《かまくら》を通ってまいりました。鎌倉は東西に道が走り、どんどんと社寺が建ち、家屋敷《いえやしき》もふえて、町中《まちなか》は木のかおりも新しい。商人も集まってくる。ものも集まってくる。そのいきおいは、都をしのぎます。これからは、都ではなく鎌倉の時代」

ああ、頼朝《よりとも》か、というようなため息が、僧兵たちからもれた。

大男の僧兵は、納得《なっとく》できないというように、もっている長刀《なぎなた》の柄《え》で、床《ゆか》をどん、とついてならした。

「いや、それはちがう。ここ平泉《ひらいずみ》は鎌倉にもおとらぬほどさかえておる。平泉の主、藤原《ふじわらの》泰衡《やすひら》さまのご助力で、われらは義経《よしつね》さまをもりたて、いずれは鎌倉にうってでる。頼朝を負かして都にもどり、帝にふたたびみとめていただくのだ」

大男の声に、そうだ、そうだ、という声が、講堂の中にみちた。

みな口ぐちに、頼朝《よりとも》を負かすのだ、とさけんでいる。

どうなることかと不安そうな顔をしていた千歳丸《ちとせまる》もうなずいて、うれしそうにひざをたたいた。

そのいきおいに、僧侶《そうりょ》は気まずそうに、また、まばたきをしたが、さからってもしかたないというように、あいそ笑いをうかべた。

「たしかに。そうなれば、よいですのう。泰衡《やすひら》さまはたいへんに力のあるおかたで、ここから北を一手にたばねられているとききます。なにせ、負けて平家《へいけ》のようになっては、みじめですからな」

僧侶は話をかえようと、平家の話をもちだしていた。

「そうそう、ここに来る道中も、気の毒な話をききましたよ」

「どんな話だ？」

千歳丸は興味《きょうみ》しんしんというように、無邪気《むじゃき》に身を乗りだす。千歳丸は自分の母が平家の者だということは知らない。

「まだ、源氏《げんじ》と平家が戦っていたころの話でございますが。山奥《やまおく》に、平家の一門がかくれておりましてな。だれも近づけないほどのところで、よもや人が住んでいるようには思われなかったのですが……」

ああ、そういう話はあきるほどきいた、とさよは思った。兄の荘園《しょうえん》でもみながいろいろききこんできては、得意げにうわさ話をしていた。さよは、自分の出自《しゅつじ》を明かしてはいなかったから、ただ、だまってそれをきいていたものだったが。

「ある日、一門の女が谷で洗《あら》いものをしていて、うっかりと箸《はし》が川に流れてしまいまして、その箸が下流の村で見つかりました。それで村人はだれかが住んでいるにちがいないと領《りょう》主《しゅ》に知らせ、源氏《げんじ》がたであった領主はすぐに手のものを山奥《やまおく》に入らせましたが……」

（ああ、これもどうせ、よくきいたその手の話のひとつだ）

箸が流れたという話もあれば、椀《わん》が流れたというものも、洗濯《せんたく》した布《ぬの》が流れたというものもあった。飼っていた鶏《にわとり》の声がきこえたというものも、たき火の煙《けむり》が見えたというものもあった。

いずれにしても、源氏がたはほうびでつって、平家《へいけ》の残党《ざんとう》をくまなくさがさせたのだ。人びとは、ほうびがほしさにやっきになってさがしまわった。そして、見つかった者はみな殺された。

みな殺しなど、いかにも源氏らしいやりかただ。さよのひいおじいさまの平清盛《たいらのきよもり》は、そんなむごいことはなさらなかったという。敵《てき》がたに寝《ね》がえった者さえ、味方の勝利があきらかになったあとは、殺さずにはなしてやったというのに。

今度もどうせ、さよが今まできいてきたような、気の毒な話に決まっていた。

（油断《ゆだん》して、涙《なみだ》をこぼしたりしてはならない）

さよは気を引きしめた。

「わけいってみますと、谷にへばりつくように草葺《くさぶ》きのあばら家が数軒《すうけん》、ならんでおりましたそうな。そのうちのひとつにいたのはなんと、死んだと思われていた平家《へいけ》の総大将《そうだいしょう》」

（え？）

油断するまいと思っていたのに、思わず声が出そうになった。

平家の総大将といえば、父君のことだ。

それから、そっと口をおさえた。

不用意に声を出せば、あやしまれる。

講堂《こうどう》の中がざわざわしはじめた。

「平維盛《たいらのこれもり》か？」

「やつは、一《いち》の谷《たに》の戦いのときはいなかった。屋島《やしま》でもいなかった」

「討《う》ち死《じ》にしたといわれていたのに、ふしぎなことに、維盛《これもり》の首をとったと名のりを上げる者は、いなかった」

「なんと、生きて、山奥《やまおく》ににげておったというのか」

僧兵《そうへい》たちは、口ぐちにいう。

「さよう。維盛は生きていたのでございます。美男《びなん》と名をはせた貴公子《きこうし》も、ひげだらけでやつれていたということですが、うそはつかず、自分は平維盛だと、正直に名のったといいます」

なんと。

父君は生きておられた。

ゆくえ不明でいらしたが、生きておられた。

だが、よろこんではいけない、とさよはからだをかたくした。

その後、どうなったのだ？

それがわからないことには。

「領主《りょうしゅ》の手の者は、名をきいておどろき、なぜ戦《いくさ》に参加せずにこのようなところにかくれているのかと、問いつめたといいます。さて、維盛はなんとこたえたとおぼしめすか？」

「そりゃ、戦《いくさ》がこわかったといったのだろう。いつぞや富士川《ふじがわ》の戦いでは、鳥の羽音《はおと》におじけづき、戦わずして兵を引いたへっぽこ総大将《そうだいしょう》じゃ」

だれかがいった。

「いや、そうではない」

と、僧侶《そうりょ》はあたりを見まわした。

どういう意味か。

みなはしんとする。

僧侶はみなの顔をながめまわしながら、得意げにつげた。

「維盛《これもり》は、なんとしても生きのびて、都にのこした妻《つま》と子にもう一度会いたかったのだと、いったそうな」

あはははと、緊張《きんちょう》のとけたような笑い声が、わきおこった。

千歳丸《ちとせまる》も笑っている。

「きわまれりだな。これが仮《かり》にもひとつの軍勢《ぐんぜい》を動かして、戦をしようという総大将のいうことか」

「一族や家来を捨《す》てて、自分はにげておいて、おめおめとそんなことを」

「総大将《そうだいしょう》がこれだから、平家《へいけ》は負けたのだ」

みな口ぐちにそんなことをいいはじめ、ふたたび講堂《こうどう》はそうぞうしくなった。

さよは下をむき、ひざの上においた拳《こぶし》をにぎりしめた。

父君はさよと乳母《うば》が都を出て、平家の軍勢《ぐんぜい》とともに西にむかったことをご存《ぞん》じなかったのだ。母君もゆくえ知れずで、屋敷《やしき》は源氏《げんじ》の者どもに乗っとられたこともご存じなかった。

さよたちが、まだ都に、屋敷にいると思っておられた。

そしてもう一度会いたいと思ってくださっていた。

拳がふるえた。涙《なみだ》が落ちそうで、それを、となりにすわる千歳丸《ちとせまる》に見られてしまいそうで、さよは下をむいたまま、歯をくいしばって耐《た》えた。

ひとりだけ笑わないのは、おかしかったかもしれない。だが下をむいて肩《かた》が上下しているのは、かえって都合よく、笑っているように見えたかもしれなかった。

「それで維盛《これもり》はどうなりました？」

だれかがきいていた。

さよはききたくない。

ここから先はきかないで、この場を去ってしまえたら。

だが、そういうわけにはいかなかった。ひとりここで席を立てば、かえって目立ってしまう。なぜいなくなるかと、ふしぎに思われてしまう。

「まずは領主《りょうしゅ》の館に連れていかれたそうです。そして、領主は維盛《これもり》であることをたしかめると、源氏《げんじ》がたにうかがいをたてたといいます。さすがに、敵《てき》の大将《たいしょう》ともあろう者を、あっさり殺してしまってよいものかと、迷《まよ》ったのでしょう」

「そんなものは、きかずともよい。源氏の総大将義経《そうだいしょうよしつね》さまは、維盛のような弱虫、へっぽこではない。ただちに首をはねろと、おっしゃるにちがいない」

あの大男の僧兵《そうへい》がどなるようにいうと、そうだそうだ、当然だ、と声がする。

「とにかく領主は使いをたてた。ところが、その使いがまだ領地を出てしまわぬうちに、維盛を連れだした者がいたのです」

「どうしてそんなことを」

おどろきの声が上がる。

「にがしたのか、裏切り者《うらぎりもの》め」

さよはそれをきいて、べつの意味でどきりとした。

ひょっとして父君は、まだ生きておられるのか。

「その者は、かの地の高僧《こうそう》で。知恵者《ちえしゃ》でございました。使いを出せば、首をはねろといってくることだろう。だが、まだ源氏《げんじ》の勝利があきらかでないうちに首をはねてしまえば、平家《へいけ》がもりかえしたときに申しひらきがたたないと、領主《りょうしゅ》に進言したのでございます」

さよの胸《むね》は、ぐいと棒《ぼう》でおされたように苦しくなる。

では、その進言で父君はどうなったのか。

領主の館から、のがれることはできたのか。

早く、早く知りたい。

だが、僧侶《そうりょ》の顔には表情《ひょうじょう》がなく、話のゆくえは想像《そうぞう》がつかない。

「知恵者の高僧は、維盛《これもり》を舟《ふね》に乗せ、沖《おき》へとこぎださせました。そして湾《わん》の外の海の深いところにとどめ、維盛にいいました。わたしはあなたのようなりっぱなかたがむざむざと首をはねられ、その首が清酒につけられて敵《てき》がわに送られるというようなことになるのは残念《ざんねん》だと思っている。せめて、自らの身は自ら処《しょ》されてはいかがかと」

自ら死ねということか。

なんとむごいいいかただろうか。

「しかし、維盛はことわったのです。わたしは都にのこした妻《つま》と子にもう一度会いたいのだと。そのために生きのびるのだと」

さよのからだはふるえた。

ああ、父君はそこまでに、さよたちをおわすれになっておられなかった。

「だが、高僧《こうそう》はせまりました。もうあなたにはそのような道はのこされていない。首をはねられるか、今ここで水に入られるかのどちらかだ。ここは西方《さいほう》の海の先、極楽浄土《ごくらくじょうど》につながる場所だ。ここで水に入られれば、いつか極楽浄土で奥《おく》さまやお子に会えることがあるかもしれないではないか、と」

「それで、維盛《これもり》はどうしたのだ？」

「あきらめたのか、ため息をついて、わかったとうなずき、自ら海にとびこんだそうでございます」

どこからともなく、経《きょう》をとなえる声があがった。

だんだんと唱和する者がふえる。

講堂《こうどう》の中はすぐに大声の経でみちた。

（あのときとおなじだ）

この者らは船になだれこんできた。そして、こんなふうにまるで罪《つみ》ほろぼしのいいわけのように大声で経《きょう》をとなえながら、長刀《なぎなた》をふりまわし、人を殺していった。

「われらは義経《よしつね》さまを頭《かしら》にいただいて戦ってきた。今もそうだ。われらにとって戦《いくさ》は、まだ終わってはおらぬ。ここ平泉《ひらいずみ》で力をたくわえ、鎌倉《かまくら》に攻《せ》めいって、頼朝《よりとも》をたおし、義経さまの世にするのだ。われらならばできる。そうではないか」

大男の僧兵《そうへい》が、長刀の柄《え》を床《ゆか》につき、大声でそう宣言《せんげん》した。

おう、とそれにおうじる声が、講堂《こうどう》の中をひびきわたった。


ああ、父君は殺されたのだ。

自ら海にとびこんだというが、しいられたもおなじだ。

――さよ姫《ひめ》さま。おみ足をおしばり申しあげますよ。

――われらはここから先はしりぞきませせぬゆえ。

乳母《うば》の声が、耳によみがえってくる。

あのときといっしょだ。

だれも死にたいとは思っていなかった。

しかたなかったのだ。

あの大男の僧兵《そうへい》はいった。

――われらにとって戦《いくさ》は、まだ終わってはおらぬ。

(それは、このわたしにもおなじこと)

さよは、きつくくちびるをかんだ。

血の味がした。


あくる日の朝、さよはいつものように、破魔《はま》をうまやから引きだして、その背《せ》にまたがった。

だが、いつもとはちがう道を通り、北の対《たい》の裏手《うらて》にむかう。

にげ道と、着がえをおいておく場所をさがすのだ。

北の対の裏にある塀《へい》の背後《はいご》には、小さな屋敷林《やしきりん》があった。

西の対で義経《よしつね》を殺したあとは、西の門から出て、まっすぐここににげこめばよい。とりあえず姿《すがた》をかくすことができる。

だが、そのあとはどうするか。この林のさらに裏手は、どうなっているのか。

奥行《おくゆ》きのせまい林をぬけていくと、視界《しかい》がさっと開けた。

そこは、衣川《ころもがわ》の川原だった。

たくさんの接待館《せったいだて》の建物をぐるりととりまく塀《へい》のうち、衣川に接《せっ》するこの一方だけに、塀がない。

では、まっすぐここから川原ににげるか、と一瞬《いっしゅん》思った。

だがそういうわけにはいかない。兄に罪《つみ》がおよばないよう、さよはなにくわぬ顔ですまいにもどっていなければならないのだ。

ではどこからもどったらいい？

さらに東のほう、衣川の下流方向に破魔《はま》を進めてみる。

屋敷林《やしきりん》は川岸にそってつづいていたが、そのむこうに屋根が見えた。

（あれはなんの屋根だろうか）

破魔の腹《はら》をけって、林の中を進んだ。

そこにあらわれたのはてっぺんに金のかざりのある堂だ。屋根の勾配《こうばい》もなだらかな大きな堂だ。

持仏堂《じぶつどう》。

いつぞやの競争の起点終点となったところだ。

そこをすぎれば、いつも破魔《はま》と走っている川岸につづく。

(そうか、ここに着物をかくしておけばいい)

当日、西の対《たい》を出て、わざと足あとをつけながら、川岸にむかう。そして、今度は足あとをかくし、持仏堂《じぶつどう》までもどって着がえ、なにくわぬ顔をしてすまいにもどる。

着物をかくせるような場所が、どこかにあるだろうか。

さよは破魔をおりると木につなぎ、裏《うら》から持仏堂に近よった。

床《ゆか》は思ったより高く、さよの胸《むね》ぐらいまである。下をのぞきこんでみると、縦横《じゅうおう》に根太《ねだ》がはりめぐらされている。かくすのにも、着がえるのにも、ちょうどいい。

明日は、ここに着物をもってきて、おいておこう。

女の着物のほうがいいだろう。


「今年は、いつもより雪が早そうですよ」

その晩《ばん》、八瀬《やせ》がそういった。

「今日、もう雪虫《ゆきむし》がとんでいました」

雪虫は、綿《わた》をかぶったような白い虫で、秋の終わりに雪のように空中を舞《ま》う。雪虫がとぶと、それから数日で雪がふるといわれていた。
（早くしなければ）
雪がつもれば、足あとも血のあとも、あきらかになってしまう。

七

決意

だが、次の朝、表を見ると、もう雪がつもっていた。庭も木々も真っ白だ。夜のうちにふりつんだのだ。

「やはり、早かったですね、今年は」

八瀬《やせ》はしたり顔にいった。

こまった。

おそらくこれから春まで、雪の日がつづくことだろう。雪の上は、くっきりと足あとがついてしまう。血のあとも目立つ。

春になって雪がとけるまでは、義経《よしつね》を殺すというさよの目的を達することが、できないということだ。

こまったと思いながらも、一方で、少しほっとしている自分に気がついた。

たとえにくい義経が相手だとしても、太刀《たち》の修行《しゅぎょう》はしたとしても、自分に人をあやめるなどということができるのかと考えると、気持ちがにぶらないわけはない。

でも、と思う。
だがそれはもう、ある意味、乗りこえた。
父君が亡《な》くなった話をきいたときに。
これはさよにとっては「戦《いくさ》」なのだ。
やるべきこととして、やらねばならぬ。
迷《まよ》いはない。
ただ、問題がある。
そのとき、千歳丸《ちとせまる》の母がその場にいれば、顔を見られてしまう。そうなれば、あの人も
やはり手にかけざるをえない。
そうなれば、自分の一族につながるかもしれない者を、あやめることになる。
（知らなければよかった……）
いや、だが、これは戦だ。
春になって、雪がとけたら、すぐに決行する。
さよは自分にそういいきかせた。

雪がふりはじめると、やることはない。少しやんだ合間に破魔《はま》を出して、雪道をすべらぬように、用心しながら走らせるぐらいだ。

「もうこうなっては、骨村荘園《ほんむらしょうえん》にもどることもできませんよねえ。山の中はもっとつもっておりますから」

八瀬《やせ》は、空を見あげながら、まるで早めに雪がふったのがさよのせいのようにいった。八瀬は骨村の育ちだ。正月には帰りたいのだろう。だが、それは無理だ。すこしかわいそうに思い、

「春にはもどる。ここを引きあげて」

といってしまってから、しまったとくちびるをかんだ。

雪がとけたら、義経《よしつね》を殺す、と決めたけれど、それはだれにも気づかれてはならないことだ。口にしてしまうなど、あまい。そんなことでは、目的は達せられない。あわてて、

「というか、少なくとも、そのようにたのんでみるからな。どうなるかわからないが」

と、いいわけのようにごまかした。

「ほんとうですか？　おもどりになるんですね」

もうもどると決めている八瀬のうれしそうな声に、いらいらした。その前にさよにはや

ることがあるのだ。

それが八瀬《やせ》には、さっぱりわかっていない。

「佐用《さよう》、雪がやまぬな。ここにけいこ場をつくっておいてよかったな」

次によばれていくと、ひさしを切った例の部屋に、弓をもったままの千歳丸《ちとせまる》がいて、うれしそうにいう。

「雪の日はつまらぬものな。馬にも乗れぬしな」

千歳丸はえらい。よくけいこをする。今日もすでに庭の的に十本ばかりの矢が命中していた。そのうえ安土《あづち》にはその三倍ほどの矢がささっている。

千歳丸は、さよにうったえるようにいった。

「おまえのいうように、弓を弱くしたら、だいぶ命中するようになった。だが、どうしても、左に流れるのだ」

たしかに、的の左がわの安土にささった矢のほうが多い。

「思ったよりも少し、右めをねらったらどうだ」

さよがごくあたりまえの返事をしたときだ。

とんとんとうしろに足音がした。

ふりむくと、がにまたの義経《よしつね》が立っていた。

背《せ》は低いのに、みょうな威圧感《いあっかん》がある。

（この人を、わたしは殺すのか）

さよは、思わずごくりとつばを飲みこんだ。

この前は、すぐにも実行にうつすつもりだった。

だが雪がふった。

だからのびた。

今の自分の気持ちは、ほっとしているのか、それとも早く決着をつけたくてじれているのか、よくわからない。

とはいえ、当の本人を目の前にすると、またそれとはちがった気持ちになる。

考えたことが、ほんとうに現実《げんじつ》になるのだろうか。ひょっとすれば、返《かえ》り討《う》ちにあって、自分がやられるかもしれないのだ。そう考えればこわくもあった。

千歳丸《ちとせまる》の顔も、とたんにこわばるのが見えた。

こちらは父にしかられると思ったのだろう。

「ああ、そういうことではない。ねらいはまちがっていない。じゃっかん、気《け》が早いだけだ」

義経《よしつね》は、つかつかと千歳丸《ちとせまる》に近よると、うしろに立ち、肩《かた》に手をやった。肩の高さは、千歳丸と変わらない。

「引いてみろ」

千歳丸のくちびるは真っ青になった。だが、歯を食いしばって、矢をつがえる。

きりきりと弓を開いた。

「まだだ。まだ。はなすな」

義経は、肩をおさえたままいった。

「今だ」

千歳丸は右手にかけた弦《つる》をはなした。だが、弓は弦をはなすとその反動で左手の外をまわり、うしろまで来る。

あ、義経に弓があたってしまう、とさよは思った。

さよの心配どおり、ばしりと、義経の頭に弓があたった。結んだ髪《かみ》がほどけて、顔に落ちる。だが、義経は表情《ひょうじょう》も変えず、動きもしない。

あわてたのは千歳丸《ちとせまる》だ。

「すみませぬ」

弓をほうりだし、ふりかえって、床《ゆか》にはいつくばり、頭を下げる。

「的から目をはなすのではない」

義経《よしつね》はどなって、的を指さした。

矢は的中している。

「千歳丸、敵《てき》に矢があたったら、それでおしまいではない。次はなにをするのじゃ。いってみよ」

「は、はい……」

千歳丸は突然《とつぜん》の問いにとまどって、こたえられないでいる。

「馬を下り、小刀をとり、敵のあごを上げて、兜《かぶと》の下からつく。とどめをさすのじゃ。こうやって」

義経はいうが早いか、床にふしている千歳丸のうしろからおおいかぶさり、頭をぐっとうしろにそらせるように引っぱった。そして、手のひらを刀に見たてたような形にして、人差し指でのどもとをつく。

ううっと千歳丸《ちとせまる》がうなったので、さよはどきりとした。痛《いた》いのではあるまいか。

その瞬間《しゅんかん》、義経《よしつね》はとびさがるように千歳丸をはなし、何ごともなかったかのように、がにまたで、さっさと廊下《ろうか》のむこうに去っていった。

「けがはないか」

さよが千歳丸のわきに手をやって立たせたとき、千歳丸の目からは涙《なみだ》がこぼれていた。

「どうした？」

「父上がおれに、けいこをつけてくださった」

千歳丸は泣きながら、さよにだきついてきた。

「はじめてじゃ、はじめてじゃ。あんなふうにいってくださったのは」

「よかったな」

そんなにうれしいか、とおどろいたものの、さよもそうおうじざるをえない。

「なあ、佐用《さよう》。さすがじゃな。たしかに、次になにをするかを考えれば、おのれの射《い》た的から目をはなしてはならぬな。実際《じっさい》の戦《いくさ》に行かれたかたでなければ、あのようなことはおっしゃれない。父上は、すばらしいのう。さすが源氏《げんじ》の総大将《そうだいしょう》であられたかた」

また、千歳丸に合わせて、うんとこたえた。

だきついた千歳丸《ちとせまる》のぬくもりが、さよには、重みのように感じられた。

義経《よしつね》がにくいことには変わりがないが、千歳丸のこの感激《かんげき》ぶりには、心をうたれるものがあった。


その後も、雪はふりつづいた。さよは毎日、千歳丸のけいこにつきあった。

ふしぎなことに、あのときを境《さかい》に、義経はいつも通りがかり、なにかひと言《こと》、言葉をかけてから去っていくようになった。

ただ、そうとう気が短いらしく、来てからいなくなるまでは、あっというまだ。

「千歳丸、ひざをついて射《い》てみよ」

ある日、義経はそういった。

「ひざを？」

千歳丸はとまどっている。ふつうは立って射るか、馬に腰《こし》かけて射るかのどちらかだ。

「そうじゃ、こんな具合に」

義経は中腰に近い姿勢《しせい》になると、左足をまげてひざをつき、右足は開いて立てた。

そして弓を立てると、さっと開いて射た。的中している。

こんな射《い》かたを、さよははじめて見た。

「立って射るのは、しょせん儀式《ぎしき》のようなものじゃ。流鏑馬《やぶさめ》のように馬から真横に射るのは、戦《いくさ》にはある程度《ていど》役立つものの、そもそも一騎討《いっきう》ちの戦いはもう古い」

といいながら、義経《よしつね》は、弓を千歳丸《ちとせまる》に返した。

「これからは戦いかたが変わる。かならず変わる」

義経はそういって、さよのほうを見た。

「おまえもそこに、ならべ」

さよは、千歳丸のとなりに、さっき義経がしたように、かたひざをついて弓をかまえた。

弓は長いので、床《ゆか》につかえた。

「いや、こうだ、こうもて」

義経は立ったまままさよの肩《かた》のうしろから手をのばして、弓をにぎるさよの左手をつかんだ。

ずいぶんと近い。

義経の息が、さよのほほにかかる。肌《はだ》は接《せっ》していないが、からだのぬくもりが、さよの背中《せなか》に伝わるぐらいの距離《きょり》だ。香《こう》のにおいはせず、かわりに鹿革《しかがわ》のにおいがした。

一瞬《いっしゅん》、義経《よしつね》がさよの胸《むね》を見おろす形になる。

「あ？　女か？　おまえは」

はっとからだがとまる。

ついに、わかってしまったのか。千歳丸《ちとせまる》にはわからなかったのに。

次に来るのはきっと、なぜ男の姿《すがた》をしている、という問いだろう。

どうこたえたらいい。

考えようとしたが、頭の中が真っ白になって思いつかない。

さらにその次に、なぜここに来たときかれるだろうか。自分を殺しに来たと気がつくだろうか。

いや、そういえば、よんだのは、義経のほうだった。そこまでは思うまい。

しかし、女なら千歳丸の遊び相手というわけにはいかぬ、帰れ、というかもしれない。

それでは、さよはこまる。

復讐《ふくしゅう》がとげられない。

（どうしよう。ぐずぐずせずに、やるべきことをやっておけばよかった）

さよは、思わず首をまわして、義経の顔を見あげた。

だが義経《よしつね》は、ただ、ふんと鼻をならしただけだった。動じもしていなかった。

「気の強い女だな」

少しふりむいて、義経の顔を見ると、にやりと笑っているようにも思えた。

「そういえば、わしのいとこの木曽義仲《きそよしなか》のところには、巴《ともえ》という女武者《おんなむしゃ》がいたが、なかなかの使い手だった」

千歳丸《ちとせまる》はびっくりして、さよを見つめている。

義経は声の調子をいっさいかえずに、前の話をつづけた。

「さて、矢をつがえるときは、弓が床《ゆか》についていてもよいが、引くときはなつときはそれでは自由がきかない。だが、いったん弓を引けば、たわんで短くなり床につかえることはない。だから、まずつがえ、そして立ちあがって引きながら前に出る。そして、ふたたびひざをついてはなつ。おまえ、まずやってみろ」

義経にうながされて、さよはいわれたとおり、矢をつがえ、立ちながら引いて、ひざをついてはなった。

矢は的にあたりはしなかったものの、近いところにささった。

「まあまああじゃな。千歳丸、二番手は最初の者より楽じゃ、やってみろ」

千歳丸《ちとせまる》はさよとおなじようにした。千歳丸の矢もおなじようなところにささる。

義経《よしつね》は怒《おこ》ると思いきや、うん、とうなずいた。

「戦法としてこれのよいところは、大勢《おおぜい》が一列になって、木かげや岩かげから敵《てき》をねらえるということだ。一列どころか、二列、三列にすれば、矢のとぎれることはない」

「馬上から弓で射《い》るよりよい、ということでございますか？　父上」

千歳丸はきいた。

「ああ、そのとおりじゃ。馬での一騎討《いっきう》ちは、もう古い」

気の短い義経は、もう話はすんだとばかりに、立ちあがって部屋を去ろうとしていた。

「古いとは？　父上、どういうことでございますか」

千歳丸は、義経のうしろから声をかけている。義経は肩《かた》ごしにふりむいてこたえた。

「広い野原を戦場とさだめ、その両がわに相対《あいたい》し、武者《むしゃ》が中央に出てたがいに名を名のり、技《わざ》をきそうような戦いかたはもう終わったということじゃ。谷であろうが山であろうが、機会あらばあらゆる場所で、軍勢《ぐんぜい》と軍勢があたり、数がことを決する。これからはだんだん、そういう方法に変わっていく。平家《へいけ》との戦いも、すでにそうじゃった。よいとか悪いとか、ひきょうだとかそうでないとか、いってみてもしかたのないこと。ときはうつる」

その晩《ばん》、さよは、また眠《ねむ》れないでいた。

さよが女とばれてしまったことは、そしてそれに対する義経《よしつね》の反応《はんのう》は、意外だったが、ふしぎなことに、それほど気にならない。

千歳丸《ちとせまる》も最初はおどろいたようすだったが、義経がなにもいわない以上、たいしたことはないと受けとめたようだ。そもそも千歳丸はまだおさなくて、女には無関心なのだろう。その後もいつもと変わらぬようすでさよに接《せっ》した。

それよりもむしろ、気にかかることがあった。

——よいとか悪いとか、ひきょうだとかそうでないとか、いってみてもしかたのないこと。

義経がそういったことだ。

さよが義経をにくみ、復讐《ふくしゅう》したいと考えたいちばんの理由は、義経のやりかたがひきょうだということだ。

だがそれを義経はあっさりと「しかたのないこと」といってのけた。「ときはうつる」とも。

まるで、自分がひきょうな戦いかたをしたことが、ときのうつりかわりのせいであるかのようないいかただ。

（それこそが、ひきょうな考えというものではないのか）

左ひざがずきずきしている。

あのあと、千歳丸《ちとせまる》とふたり、何度もひざをついて弓を射《い》るけいこをした。そんなことは今までやったことはなかったから、ひざの皿のあたりが、まめができる前のように赤くはれている。

だが、千歳丸は、やろう、やろうといって何度もけいこをせがんだ。さよもはじめてのやりかたには興味《きょうみ》があるので、ふたりでたがいにああしたら、こうしたらと工夫しながらつづけたのだ。その結果、かなりの的中《てきちゅう》が出るようになった。

千歳丸は、新しい戦法というところがとても気にいっていて、何度も父上はすごい、さすがだとくりかえしていた。

新しい戦法。

さよが実際《じっさい》に見たのは海の戦《いくさ》だけだったが、都の屋敷《やしき》にあった絵巻《えまき》に、陸の戦のありさまを描《か》いたものがあった。広い野を両がわから馬で駆《か》けながら、流鏑馬《やぶさめ》のように射かけていた。射ぬけば相手は落馬し、それをこの前義経《よしつね》がやってみせたように、首もとに刀をあてとどめをさすのだろう。

たしかに、とさよも思わないではない。

そんなやりかたではなく、義経《よしつね》のいうように、たくさんの武者《むしゃ》が、岩かげや山の上、いや、石垣《いしがき》や堤《つつみ》のようなところでもかまわないが、そこにならび、いっせいに矢を射《い》かけてきたら。そして、一列ではなく、何列にもなって、交互《こうご》にやむまもなく射かけてきたら。

(敵《てき》はかなわないだろう)

それぐらいのことは、さよにもわかる。

義経は正しいのか?

だんだんと戦いが、そうなっていくということなのか?

ときのうつりかわりということなのだろうか。

船頭《せんどう》を射たのも……。

(いや、それはちがう)

さよは寝《ね》がえりをうちながら、くちびるをかんだ。

だからといって、なんでもやっていいというわけでは、あるまい。

父君もひきょうなやりかたで、自ら死んだように見せかけて殺された。

殺したのは、義経《よしつね》ではないが、それも、そもそも源氏《げんじ》が、平家《へいけ》の残党《ざんとう》をさがしまわり、情《なさ》けようしゃもなく殺しつくしていったためだ。そしてその指図をしたのは、ほかでもない、総大将《そうだいしょう》の義経ではないか。

千歳丸《ちとせまる》はあいかわらず毎日、さよをよんだ。

雪の降る日には、弓のけいこをし、やめばすかさず外に出て馬を出し、敷地《しきち》の中ではあるが、乗った。

そうこうしているうちに、正月もすぎ、雰囲気《ふんいき》も春めいてくる。だが光は春なのに、今年はなかなか寒さがやわらがない。

そんなある日のことだ。

すまいに帰ろうと東の対《たい》を出て、わたり廊下《ろうか》を歩いているときだった。

「おい、ちょっとまて」

さよは、うしろからよびとめられた。

ふりむくと、例の大男の僧兵《そうへい》がいた。

「おまえ……」

僧兵《そうへい》はさよを上からじろじろとながめまわした。

「ほんとうに男か？」

なんといおう。

義経《よしつね》には、せんだって女だとばれている。だがこの僧兵はそのことを知らない。

ここは否定《ひてい》するしかない。

「なにをいう。男だ。あたりまえだ」

さよが返事をして、廊下《ろうか》を進もうとすると、僧兵は、手をつきだして、正面からいきなりさよの胸《むね》をおさえた。

「やっぱり、女だな。なぜ男のかっこうをしている」

びっくりして、返事ができない。

思わず背筋《せすじ》がふるえたが、そんなようすを見せるわけにはいかなかった。

さよは、いっしょうけんめいからだの中心に力を入れて、ふるえをとめた。

とまどっているまに、僧兵は、すばやくさよの両腕《りょううで》をうしろにねじあげた。

「ちょっと、来い」

強い力だ。

なぜ、さっき手をつきだされた瞬間《しゅんかん》に、太刀《たち》をぬいてはらっておかなかったのだろう。

そうすれば、こんなことにはならなかったのに。

油断《ゆだん》だった。

こんなふうにされては、太刀は使えない。

（しまった……）

さっきの油断が、かえすがえすも、くやしい。

腕《うで》をとられたまま、うしろからつつかれるように、廊下《ろうか》を屋敷《やしき》の奥《おく》、北の対《たい》にむかって進む。

「はなせ」

さよはさけんだ。

手をほどこうともがきながらも、前に進むしかない。

北の対の裏庭《うらにわ》の暗がりに、はだしのまま引きずりこまれる。

「なにをする。やめろ」

さけぶが、僧兵《そうへい》はかまわず、さよを上からくみふせた。

のしかかる大男のからだは、思ったより数倍重い。

からだがこそりとも動かない。息ができない。

こわい。

殺されるかもしれない。

ここに来てから、おそらくはじめてそう思った。

冷《ひ》や汗《あせ》が、わきの下を流れるのがわかる。

どうして、あのとき太刀《たち》をぬかなかったのだろう、とさよはふたたびくやんだ。だがもうおそい。考えてもしかたがない。

「だれか来い」

僧兵《そうへい》はさけんだ。

同時に、裏庭《うらにわ》の奥《おく》からばらばらばらと若《わか》い僧兵たちが駆《か》けこんでくる。

「こいつをおさえておけ」

大男の僧兵はそういってさよをはなすと、どこかに消えていった。

さよは腕《うで》をうしろ手にひねられたまま、ひざをついて白砂《しらす》の上にはいつくばらされた。

その背中《せなか》に、五人ぐらいの屈強《くっきょう》な男たちが、のしかかる。

ひねられた腕が、だんだんしびれてくる。

背中《せなか》にかかる重さに、からだがえびぞりにまがる。

庭の白砂《しらす》が、地面に接《せっ》したひざと足の甲《こう》にくいこんでくる。

じわじわと痛《いた》い。そのじわりとした痛さが、長くなればなるほど、耐《た》えがたいように思われてくる。

僧兵《そうへい》たちは、ただ無言だ。

息をする音だけが、さよの背中の上からきこえた。

どのぐらいの時間がたっただろう。

とんとんと足音がきこえた。

大男の僧兵がもどってきた。

ついに、斬《き》られるのか。

こうなっては、にげることはできない。

(もうおしまいだ)

さよは覚悟《かくご》した。

だが、意外な言葉がきこえてきた。

「よい、もうはなせ」

そのとたん、さよにかかっていた重みが、いきなり消えた。上に乗っていた者たちが、とびさがったのだ。

「行け」

大男の僧兵《そうへい》が手をふって命じると、若《わか》い僧兵たちはたちどころにいなくなった。

さよは、着物についた白砂《しらす》をはらい、よろよろと立ちあがった。

大男の僧兵は腕《うで》ぐみをして、上からそのようすを冷たい目でながめていた。

「なぜかわからぬが、義経《よしつね》さまがよい、かまうな、とおっしゃっている。だからはなしてやる。なぜ女の身でいながら男のかっこうをしているのか。どんなたくらみがあるのか。わからぬが、こちらはおまえを常《つね》に見はっているからそのつもりでいろ。もし千歳丸《ちとせまる》さまになにかしようとすることがわかったときは、おまえをたちどころに斬《き》るからな。義経さまがなんとおっしゃろうとも」

大男の僧兵は不満げに鼻をならすと、大股《おおまた》でどこかに消えた。

くやしいが、義経のおかげではなされて、ほっとした。

今回は、最初の手ぎわが悪かった。だからこうなった。

常に見はっていると、あいつはいった。

今まで以上に用心しなければならない。

もしも、肝心《かんじん》のとき、義経《よしつね》を殺そうとするときに、おなじようにすきを見せれば、そのときは、さよの命はないだろう。


またしばらくのときがたった。

今年はいつまでも寒い。

いつ雪がとけるのだろう。さよは庭をながめては、じりじりしはじめた。

（もう雪の中でもなんでもかまわないから、やるべきことをやってしまったほうがいいのではないか？）

そんな気持ちにもなる。

だが、それでは兄に迷惑《めいわく》がかかる。悪くすれば、兄や荘園《しょうえん》の郎党《ろうとう》にもとがめがおよぶかもしれない。

（まて、まつのだ）

さよは自分にいいきかせた。

しかし、やっと木のまわりから穴《あな》が開くように雪がとけはじめ、黒い地面がところどころ、見えるようになった。

「兄上さまからお手紙です。使いの者がもってきました」

八瀬《やせ》がいってきたのは、そんなある日のことだった。

さよは、細くまいた手紙を受けとった。

紙は貴重品《きちょうひん》だ。田舎《いなか》の骨村荘園《ほんむらしょうえん》ではふだんはまだ、木の札に書きつけているぐらいだ。それをわざわざ紙の手紙をよこすなど、どれほど大事な用事があるというのだろうか。

いそいで封《ふう》を切り、開いて読む。

佐用《さよう》、千歳丸《ちとせまる》さまのお相手はそつなくこなしているか。雪がとけてしまう前に一度、骨村にもどってこい。春の衣装《いしょう》などとりに行くといって、しばらくのひまをもらえ。

良任《よしとう》

なんだ、こんなことか。

「意味がわからぬ」

さよは、思わず声に出してつぶやいた。

春の衣装《いしょう》ならば、この使いにでももたせればよい。わざわざさよがとりに行く必要などない。

そもそも、衣装といっても男の着物、つまり兄の着物なのだからてきとうにみつくろってよこしたらいいのだ。丈《たけ》は八瀬《やせ》が直してくれることだろう。

たとえ、さよがとりに行くにしても、そんなに急ぐ必要はない。今は雪崩《なだれ》のある季節だ。雪がとけてしまってからのほうが、いいに決まっている。

兄はなにか、とぼけている。

使いには、わかったと伝えてくれと、八瀬につげた。

「雪がとけはじめたとはいえ、骨村荘園《ほんむらしょうえん》から出てくるのは、たいへんなことだ。よくねぎらって返せ。帰りも雪崩にじゅうぶん気をつけよ、と」

「で、おもどりになりますのか？」

八瀬がせかすようにきいた。

「いや、あ、まあ」

さよはなま返事をした。

目を泳がせると、橘《たちばな》の薬玉《くすだま》が目に入った。柱に下げてある。

あれをもって帰る。かならず帰る。

帰って兄に会う。

だが……、だが、その前にさよにはやることがある。

「まだちょっとあとになるが、ひまをいただいて、ちゃんと帰るから」

そういうと、八瀬《やせ》はうれしそうな顔をした。


ついに雪がとけた。庭を見れば、まだ日かげには少しのこっているものの、ひなたにはほとんどない。足あとはつかないだろう。

さよは、決心した。

いよいよ、やるのだ。

義経《よしつね》を、殺す。

夕暮《ゆうぐ》れどき、女の着物をわらにつつんでかくし、すまいを歩いて出ると、持仏堂《じぶつどう》の裏《うら》にむかった。

あたりには、だれもいない。

堂の中にも、だれもいない。

ほっとする。

さよは、背《せ》をかがめ、堂の床下《ゆかした》にもぐってみた。

床下には、太い梁《はり》がめぐらされている。

太い柱が、丸い礎石《そせき》の上にどっしりとのっていた。

あちこちに不要になった古い瓦《かわら》や木材がつんであり、ごたごたとしている。まっすぐは進めない。

くもの巣が、鼻先についてくすぐったく、くしゃみをしそうになって、ようやくがまんした。

なるべく奥《おく》のほうに入ってみる。のけぞるようにあおむいて、上の床板を手でさぐった。

床板は厚《あつ》い。

梁と床板のあいだにすきまがある。

さよはそこに、わら包みのまま着物をおしこんだ。

しっかりと場所を覚える。

角からななめに数えて、三本目の柱のわきだ。

それから、床下《ゆかした》を出て、ほこりとくもの巣をはらうと、なにくわぬ顔をしてすまいにもどった。

明日、千歳丸《ちとせまる》のところにいつものようによばれていったら、帰るようなふりをして、西の対《たい》の床下にかくれるのだ。そして、夜になって義経《よしつね》が訪《おとず》れたら、寝《ね》しずまるのをまって西の対に入り、寝首をかく。

（そう決めたのだ。今さら変えることはしない）

さよは、その晩《ばん》、何度も寝がえりをうちながら、自分にいいきかせた。

（できるのか）

そう思うと、どきどきして、息が苦しくなるぐらいだ。

だが、そのためにさよはここに来た。けいこもした。そうではないか？

とはいえ、千歳丸は、あんなにうたれながらも父を尊敬《そんけい》していた千歳丸は、父が死んだと知ったら、どう思うだろう。

そして、場合によっては、その場にいる千歳丸の母も、この手で……考えるのもいやなことだが、顔を見られてしまえば、やむをえない。いや、うまくすればあの人がおきて気がつく前に、にげられるかもしれない。そうすれば、あの人は、殺さないですむ。

そうあってほしい。

今晩《こんばん》は、眠《ねむ》ることなど、できようはずがなかった。

さよは何度も寝《ね》がえりをうった。


ようやくうとうとしかけたとき、太鼓《たいこ》の音がきこえた。自分は、あのときの夢《ゆめ》を見ているのだ、とさよは思った。あちこちでなりひびく太鼓の音とともに、海に落ちていった者たちの顔が目にうかぶ。

だが、これはたしかに夢なのか？

ふいに、さよをゆりおこす手があった。

「おきて、おきてくださいませ」

乳母《うば》か？

乳母は死んだはず、と思ったが、目を開いてみると、それは八瀬《やせ》だった。

暗い中、ろうそくの光に照らされた顔が、引きつっている。

「早く、お着がえくださいまし。ここにわたしの着物が」

八瀬はたたんだ着物を、さよの前にさしだしている。

「泰衡《やすひら》さまの軍勢《ぐんぜい》が、攻《せ》めこみました。たった今、この接待館《せったいだて》に」

すぐには意味がわからない。

「どうした？」

「泰衡さまの？」

「そうです。骨村荘園《ほんむらしょうえん》の者たちもです。この前使いに来た者が、先ほどここに来て、さよさまに下働きのかっこうをさせて早く外に出せ、といってきました。下働きの者はにがしてよいことになっているから、と。兄上さまからのご伝言だそうで」

八瀬《やせ》が口早に説明するうしろから、わあっという大勢の人のさけび声がきこえる。

泰衡さまは、ついに鎌倉《かまくら》の頼朝《よりとも》のいうことをきいて、義経《よしつね》を討《う》つ決心をされたのだ。兄とその家来は、その軍勢に入っている。そして接待館になだれこんだのだ。

この前のあの兄の奇妙《きみょう》な手紙の意味がやっとわかった。

兄はこのことを前から知っていたが、秘密《ひみつ》にしておかなければならなかったので、ただもどれとだけ、つげてきたのだ。

「よしわかった。おまえは先ににげろ」

「でも……」

「だいじょうぶだ」

とまどう八瀬《やせ》をおしだすように外に出してから、さよは手早く八瀬の着物を着た。にげる気はなかった。

八

衣《ころも》川《がわ》

兄がさよの身を心配して、接待館《せったいだて》に入るやいなや、ここに人をよこしたというのはわかっていた。

八瀬《やせ》の着物でこのまま敷地《しきち》の外に出れば、にげられる。それもわかっている。

（いやだ）

心の中に強い気持ちがもたげていた。

泰衡《やすひら》さまの軍勢《ぐんぜい》は、義経《よしつね》を殺しにやってきたのだ。殺さずとも、つかまえて、頼朝《よりとも》にさしだすために来た。そして頼朝はいずれきっと義経を殺す。

どちらにしても、義経は死ぬ。

（それでいいのか、さよ）

よくはない。それでは復讐《ふくしゅう》にならない。

泰衡さまの軍勢が義経をとらえる前に、殺す。

この手で。

そのためにさよはここにいたのだ。

いやはっきりいえば、おぼれたあのときから、そのために生きてきたのだ。

すまいを走りでる。

とたんに煙《けむり》のにおいがした。

いつもとちがうようすは、暗い中でも明らかだった。広い敷地《しきち》のあちらこちらに、どなり声と、うめき、悲鳴がひびき、重苦しい気配がうずまいている。

下働きの姿《すがた》では見とがめられると思い、弓も太刀《たち》もおいてきた。もっているのは懐《ふところ》に入れた小刀だけだ。

さよは、義経《よしつね》の屋敷の方角に足を向けた。

右がわに、どっと火の手が上がるのが見えた。敷地の塀《へい》の近く、うまやのあるあたりだ。

一瞬《いっしゅん》、破魔《はま》はどうなる、と思ったが、

「馬は縄《なわ》を切れ、みなはなしてやれ」

と、どなる声がきこえた。

よかった、破魔はかしこい。はなしてもらえさえすれば、きっとなんとかして、骨村荘《ほんむらしょう》園《えん》にもどっていくことだろう。

走って進むうち、義経《よしつね》の屋敷《やしき》が、遠くに見えてきた。

屋敷の正面には、数十人の僧兵《そうへい》が外をむいて、二列ほど横にならんでいる。

その十倍、二十倍もの数の武者《むしゃ》が、それをとりまいて矢を射《い》かけている。

僧兵の列を突破《とっぱ》して、屋敷におしいろうとしているのだ。

あの大男の僧兵も仁王立《におうだ》ちになって長刀《なぎなた》をふりまわし、応戦《おうせん》していた。自分にむかってくる矢を、えい、えい、とかけ声をかけながら、まるで羽虫《はむし》かなにかでもあるようにはらいおとしている。

ここから屋敷に入るなどということは不可能《ふかのう》だ。

どうしようか。

立ちどまった、そのときだ。

「おい、娘《むすめ》。こんなところにいては、あぶない、早くにげろ」

数歩先の鎧兜《よろいかぶと》の武者がふりむいて、さよをどなりつけた。

さよは、はっとした。

ごくふつうの鎧兜だ。あたりは暗いうえに、顔は頬《ほお》あてで見えない。

だが、ききおぼえのある声だ。

兄の家来のひとりだ。

あらためて僧兵《そうへい》たちにむかって弓を引いている集団を見ると、金色の軍扇《ぐんせん》をふりながら、指図をしているのは、兄だ。先が二股《ふたまた》にわかれた兄の兜《かぶと》のかざりを、さよは知っている。まちがいない。

このあたりにいるのは、みな骨村荘園《ほんむらしょうえん》の者たちということか。

（まずい）

さよは声を出さずにうなずいて、うつむいたままむきを変え、その場を走りさった。

さっきの家来はもう、それ以上は声をかけてこない。さいわいなことに、さよとは気づかれなかったと見えた。

走りながら、急いで考える。

では、どこから入ろう。

ふりむくと、兄たち軍勢《ぐんぜい》は、あいかわらず雨のように矢を射《い》かけていた。

僧兵たちも、ふるような矢の中を、長刀《なぎなた》をふりまわし、つきだしたり引っこめたりして、必死で、軍勢をおしもどそうとしていた。

正面から入るのは、まず無理だ。

（そうだ。持仏堂《じぶつどう》から屋敷林《やしきりん》をまわって、北から入ればよいのだ）

最初に千歳丸《ちとせまる》と競争した、あの池のほとりをまわる道だ。

遠まわりになるが、屋敷林から、屋敷の北がわに入れるはずだ。たしか台所に通じるくぐり戸があった。

兄たちの軍勢《ぐんぜい》は入り口でてこずっていて、屋敷の中にはまだ達していない。

急げば、なんとかまにあう。

さよは方向をかえ、持仏堂にむかって、走りはじめた。

どこもかしこも真っ暗だ。だが、さよは、破魔《はま》とこのあたりをしょっちゅう駆《か》けていたから、自分がどこにいるかは、ほのかな空の赤みを背景《はいけい》に黒ぐろとそびえる木々の形でわかる。

（急がなければ……）

さよは走った。

雷鳴のような音が、地面をはうように、ひびいてくる。鎧《よろい》を着た人が動く重い音や、太刀《たち》のぶつかりあう高い金音、さけび声がまじりあった音だ。

あらたにまた火がつけられたのか、空はいっそう明るくなり、いちだんとこげくさいにおいがただよってきた。軍勢《ぐんぜい》はもう僧兵《そうへい》たちを敗って、屋敷《やしき》の中に入ってしまったのかもしれなかった。

早く行かなければ、まにあわない。

あせるが、自分の足で駆《か》けると、思いのほか池は大きく、持仏堂《じぶつどう》まではまだ遠い。

やっと持仏堂の黒い影《かげ》が見えてきた。

持仏堂に達したとしても、まだ屋敷までは距離《きょり》がある。

判断《はんだん》をあやまっただろうか。

さよが屋敷にたどり着く前に、武者《むしゃ》たちが入って義経《よしつね》を殺してしまうのではないか。

気がはやる。

持仏堂を左手に見て、屋敷林のほうへまがろうとしたときだ。ふと気がついた。

持仏堂から、かすかに明かりがもれている。

その明かりが、ときおりゆれる。

無人の堂に灯明《とうみょう》だけがともっているのか。

いや、あのゆれかたはちがう。

持仏堂の中に人がいるにちがいない。

（ひょっとしたら……）

どきりとする。

いるとしたら、義経《よしつね》一家か？

きっとそうだ。

ここにいるとは。

さよは方向をかえて持仏堂《じぶつどう》に駆《か》けよった。欄干《らんかん》をまたぎこし、縁側《えんがわ》によじのぼる。

息が上がっている。ずっと走ってきたからだった。だが、音を出してはならないと、なんとか息をとめて、口を閉じる。

厚《あつ》い板壁《いたかべ》のすきまから中をのぞきこもうとした、そのときだ。

正面の戸が、ぎいいと音を立てて、ゆっくり外むきに開いた。

さよは頭だけをまわし、そちらをながめた。

中から、人影《ひとかげ》がとびでてきた。

はだしの白い足が、段《だん》をかけおりる。それから、長い髪《かみ》をなびかせて、まっしぐらに池のほうにむかって消えていった。

女だ。まるで下着のようなうすい着物だ。うしろ姿《すがた》から、以前、さよを千歳丸《ちとせまる》の母のところに案内した十二単《じゅうにひとえ》の女だとわかった。

（やっぱり）

あの女がここにいたというなら、堂の中にかくれているのは、義経《よしつね》一家にまちがいない。

さよは懐《ふところ》から小刀を出してにぎりしめ、女と入れかわりに、開いた正面の戸から堂の中にとびこんだ。


ろうそくの光がまぶしい。

真ん中に、そびえるような阿弥陀如来像《あみだにょらいぞう》とその光背《こうはい》がある。

にぶく金色に光っていた。

その手前、こちらに背《せ》をむけてあぐらですわっているのは、義経にちがいなかった。

堂の中を見まわすと、戸のそばに千歳丸《ちとせまる》が立っている。女の出ていった戸を内がわから閉《し》めようとしていたらしい。さよの姿《すがた》を見て、おどろいて目を見はり、立ちつくしている。

堂の奥《おく》の角には、十二単を着た女が、肩《かた》をふるわせてうずくまっていた。

さよは、小刀をふりかざして、義経の背後にせまった。

「お命、ちょうだいする」

義経《よしつね》はさっとふりむいた。

ふりむきざまに腰《こし》の太刀《たち》をぬくだろうと、さよは思っていた。そのときにどうするかの心がまえもしていた。

だが、義経はそうはしなかった。

太刀の柄《え》には手もやらず、肩《かた》ごしにさよを見あげ、しずかにいったのだった。

「ふむ、維盛《これもり》の娘《むすめ》」

「な、なぜわかった……」

おどろく。

女とばれていたのは知っていたが、なぜ父君のことがわかったのだ。

「わからいでか。そっくりじゃ」

はははは、と義経は顔をゆがめて笑った。

「ただ息子と思うた。娘とは思わなかったがな。あのとき、流鏑馬《やぶさめ》の見物におるのを見たときは」

流鏑馬で目が合ったのは、義経だったのか。

しかし、維盛の息子と思っていたのに、それでなおも千歳丸《ちとせまる》の相手によんだというのか？

なぜそんなことを？

いや、戦略家《せんりゃくか》の義経《よしつね》のことだ。

こんなことをいうのも、策略《さくりゃく》で、すべてうそかもしれない。

さよをおどろかせておいて、すきをねらう。

さよは、小刀をふりかざした手の力をゆるめずにきいた。

「わかっていて、なぜわたしをここによんだ」

うん、と義経はうなずいた。

「維盛《これもり》には借りがあったゆえ」

「借り？　父君に？」

義経はさよのほうをむいてどんとすわりなおした。それから、もう一度、大きくうなずいた。

「そうじゃ。借りじゃ。おまえは富士川《ふじがわ》の戦いを知っておるか？」

さよはうなずいた。

父君がにげたといわれている戦いのことだ。

「もう九年も前のことになる。わしはそのとき、兄、頼朝《よりとも》にまだ一度も会ったことはなかった。だが富士川《ふじがわ》で源氏《げんじ》がわと平家《へいけ》がわが、対しているときき、戦いに参じようと、かけつけた」

義経《よしつね》は、ふふっと笑った。

「若《わか》かった。たしかに今思えば、若かった。そして、当然のようにへまをして平家がわにつかまった。わしは兄弟の証《あかし》となる父の書状《しょじょう》をふところにもっていたので、頼朝《よりとも》の弟と、わかってしまった。平家の連中は、さてどうするべきかと、総大将《そうだいしょう》であるおまえの父、維《これ》盛《もり》に指図をあおいだ」

——そなたによくにた美男《びなん》に会《お》うたぞ。平家の総大将であった。

たしか義経は最初にそういった。それは都での話かと思っていたが、そうではなく、富士川でのことだったのだ。

「さあて、それでどうなったと思う?」

義経はにっこり笑う。

やさしいといってもいいような笑顔だ。

この人がこんなふうに笑えるのか、とさよは少しおどろいた。

「維盛は、わしを自分の天幕《てんまく》によんだのだ。維盛はあのとき、わしを殺してもよかった。

兄の頼朝《よりとも》に使いをやって、わしと交換《こうかん》になにかを要求してもよかった。もっとも、頼朝は無視《むし》しただろうがな。わしを利用しておいて、不要になると、こうやって、討《う》てと命じるぐらいの人間だ」

義経《よしつね》はぐるりとあたりを見まわすようなようすをした。今、自分がここでこうやって攻《せ》められていることをいっているのだ。

「泰衡《やすひら》は、最初、わしをかついで頼朝と戦うつもりじゃった。頼朝に対して、胸《むね》をはって兵をあげることのできる理由がほしかったのじゃ。それが、昔わしがここで育ったからその縁《えん》で引きとるなどと大うそをついてまで、泰衡がここにわしをかくまった理由じゃ。もっとも、このようすでは、それもあきらめ、頼朝にしたがうことにしたようじゃがな」

今ここを攻めているのは、泰衡さまだが、けっきょくそれを命じたのは頼朝だという意味だ。

「父上。泰衡はいかにも人のよさそうな顔をして、そのじつ、腹《はら》ぐろく、ひきょうな男にございます。このようにだまし討《う》ちなど」

たまりかねたように、千歳丸《ちとせまる》が口をはさむ。

「いや、千歳丸、ちがう。よい人間であろうと悪い人間であろうとおなじことじゃ。わしらはもうここに来た時点で、泰衡《やすひら》に命をゆだねている。泰衡がどうしようとしかたがない。泰衡は今、決意をした。それだけのことじゃ」

義経《よしつね》は自分がさしている太刀《たち》をさやごとぬき、横一文字にむけて、さよにさしだした。

「やんちゃ姫《ひめ》、そなたは父の敵《かたき》のわしを殺そうと思ってここに来たのだな。では、そんな役にたたぬ小刀など下ろして、これを使え」

さよはびっくりして、かまえた小刀を下ろした。

「どういう意味だ？」

ふんと義経は鼻で笑った。

「わしは泰衡の家来に殺されるぐらいならば自害しようと思ってここ、持仏堂《じぶつどう》にやってきた。だが、おまえにやられるというならば、それでもよい。そうそう、先ほどの富士川《ふじがわ》の話のつづきだが……」

父君の話だ。

「維盛《これもり》は、わしを前にして、こういった。ここ富士川をはさんでわれら平家《へいけ》と源氏《げんじ》はにらみあっているが、数は平家がとうていたりぬ。たりぬところで戦《いくさ》をしても、死人が出るばかりだ。自分は戦わずに兵を引くつもりだとな」

父君の話を、まさかこの男の口からきこうとは。

「このあと、維盛《これもり》はほんとうに兵を引いた。あとから、水鳥の羽音《はおと》におどろいてにげた、といわれてそしられたものだが、そうではなかった。最初から決めていたのだ」

義経《よしつね》は、話をつづけた。

「さて、そのとき、維盛はわしにこうもいった。戦《いくさ》などなんの役にたつのだと。殺しあってなにがうれしいと。そして、相談だが、といった。おまえをはなしてやろうではないかと。おまえが頼朝《よりとも》のところに行けば、頼朝は弟のおまえをいずれ、源氏《げんじ》の総大将《そうだいしょう》にするにちがいない。そのときに……」

義経の顔はゆがんだ。だが、いつものゆがみかたとはちがった。まるで泣いているようにも見えた。

「……そのときに、平家《へいけ》の総大将の自分と、源氏の総大将のおまえとで、話をしよう。そして、戦のない世にしようと」

父君はそんなことをいったのか。

「わしは、わかったとこたえた。そういわねば、はなしてもらえぬと思ったからな。だが、納得《なっとく》したわけではない。腹《はら》の底では、おろかなやつと思っていた。わざわざくりだした軍《ぐん》勢《ぜい》をなにもせずに引かせるなど、ばかげている。武者《むしゃ》たちは手柄《てがら》を立て、ほうびの土地をもらうために家来を連れて集まっているのだからな。戦ってみて負けたというならともかく、はなから戦わずに帰っては、家来の不満がつのるばかりだ。戦《いくさ》に参加するのははじめてでも、そのぐらいのことは、わかった」

沈黙《ちんもく》があった。そのあとにつづいたのは、かすれ声だ。

「すべて、なに不自由なく育ったお坊《ぼっ》ちゃんの血迷《ちまよ》いごとだ。戦のない世などあるわけはない。極楽浄土《ごくらくじょうど》のようなものだ。この世に極楽浄土などない。苦労して育ったわしは知っている。そもそも人は欲《よく》のかたまりで、争わずにはいられないのだ」

ああ、とさよは兄の言葉を思いだした。

――ここ奥州《おうしゅう》は、清衡《きよひら》さま、基衡《もとひら》さま、そして秀衡《ひでひら》さまと三代にわたってみごとに統《す》べられて、この百年のあいだ、平和だった。

そう、平和だったはずだ。だが、それも今日までだ。泰衡《やすひら》さまはたった今、戦をはじめられたのだ。百年の平和は破《やぶ》られた。これからこの平泉《ひらいずみ》も戦乱《せんらん》にまきこまれるような気がする。

「富士川《ふじがわ》ではなされてのち、わしは頼朝《よりとも》に会い、その軍勢《ぐんぜい》に加わった。そのあとも戦に参加しては、そのたびに、ない知恵《ちえ》をしぼって勝った。ついに源氏《げんじ》の総大将《そうだいしょう》となったとき、おまえの父君、維盛《これもり》は使いをよこした。ふたりだけで会おうとな」

それは、約束だったからだ。

「やんちゃ姫《ひめ》、それでわしはどうしたと思う？」

ゆれるろうそくのあかりに照らされた義経《よしつね》の顔は、悲しそうにも見える。

「わしはことわった。そのとき平家《へいけ》はすでに都落ちをしていて、負けはあきらかだったからだ。平家がわと話などできない。そんなことをしては、勝つために戦《いくさ》に参加している武者《むしゃ》たちは、みな不満に思うことだろう」

父君と約束をしたのに破《やぶ》った？　約束をしたからこそ、父君はこいつをはなしてやったのに？

「維盛との約束を破ったことは、その後、わすれていたが、わしの中では、ずっと気になっていたのだろうな。やんちゃ姫、おまえの顔を見たとたん思いだした。そして、おまえをここによんだ。どういうつもりか、なにがしたかったのか、自分でもよくわからなかったが」

義経は自分を自分であざ笑うように、くちびるをゆがめた。

「維盛《これもり》とのことは、わしにとっては、思いだしたくないできごとだったのだから、おまえのことなど、かまわず、ほうっておけばよかったのにな。千歳丸《ちとせまる》をうちすえようとしたとき、おまえがわしにかみついてきたときの顔は、あのあと、何度もわしの夢《ゆめ》に出てきた。まるで維盛が、わしをなじっているようにさえ、思えた」

それでなのか。千歳丸の母もおどろくほど、義経《よしつね》が千歳丸に対して変わったのは。

「わしは、曲芸師にしこまれたおさないころから、なんでも自分なりに考えて、工夫しながら、いっしょうけんめいやってきた。そうしなければ、生きてこられなかったからだ。戦《いくさ》にしても、なんとしても勝たねば、生きぬけなかった。わしはたしかに粗野《そや》で、おきて破《やぶ》りで、信義《しんぎ》や公明正大などという言葉とは、ほど遠い男かもしれない。だが、そのことをはじたことは一度もなかった。維盛の育ちのよさはうらやましいとは思ったが、だからといってかわりたいなどとは思ったことはない。なのに、なぜおまえを近くにおこうと思ったのか。千歳丸の相手にさせたいと思ったのか。わしは何度も自分に問うたが、わからなかった。が……」

義経の目が、まっすぐにさよを見つめた。

それから、にっこりした。その顔は、千歳丸におどろくほどにていた。邪悪《じゃあく》なところはまったく見えず、まっすぐで正直で柔和《にゅうわ》で、いつもの義経《よしつね》とは、まったくちがう人のようだった。

「今、やっとわかったぞ。おまえは復讐《ふくしゅう》をしたがっていた、わしは維盛《これもり》に借りを返したかった。そこに、たがいの念が通じたのだな。ぐうぜんなのか、なにかのみちびきなのか、わからんが、そういうことは、ふしぎとあるものだ。これも運命だろう。さあ、この太刀《たち》をとれ。そしてわしを斬《き》れ」

義経はごつい手でつかんだ太刀を、もう一度ぐいとさよにむけてつきだした。

さよは反射的《はんしゃてき》に、右手を出して、太刀を受けとった。

そして、ぬいた。

ふりかざした。

だが、ふりかざすその瞬間《しゅんかん》まで、もしかして、これはさよを油断《ゆだん》させる策略《さくりゃく》かもしれない、義経がなにか反撃《はんげき》してくるかもしれないと思っていた。

しかし、義経はあぐらをかいたまま、左右の手をそれぞれ左右のひざに乗せ、身じろぎもしなかった。

これは策略ではない。

義経《よしつね》は本気だ。

さよに殺されたがっている。

さよは、ふりかざした太刀《たち》を義経の首めがけて、下ろそうとした。

だが、手が動かない。

(なぜだ。なにを迷《まよ》う。今までこのときをまっていたではないか。そのときが来たのではないか)

死んだたくさんの平家《へいけ》の者たちのうらみを、今こそ晴らすのだ。そのために、わざわざ泰衡《やすひら》さまの軍勢《ぐんぜい》より先に、義経を見つけに来たのではなかったか。

不意にすすり泣きがきこえた。

見ると、堂の奥《おく》にうずくまる千歳丸《ちとせまる》の母の着物が、こきざみにふるえている。

「かまわぬ、やれ。ここまできて、泣き声なんぞにひるむでない。どっちにしても、わしはここではてる気でいた。自らはてるも、おまえにやられるもいっしょ。やられてやろうぞ」

さよは、ふたたび義経の首めがけて、太刀を下ろそうとした。

着物の襟《えり》から出ている義経の白い首すじが、ろうそくの光にあぶりだされている。ぴくりぴくりと、脈うつのが、ついそこ、さよのななめ下あたりに見える。

そこをめがけて、この太刀《たち》をふりおろせば、たちどころに義経《よしつね》の命はなくなることだろう。

しかし、手が動かない。

なぜだ。

ずっと望んでいたことが目の前にあるというのに、なぜ手が動かない。

さよは、こいつに復讐《ふくしゅう》をしたかったのではないのか。

船頭《せんどう》を射《い》たひきょうなやつを殺したかったのではないのか。無理やり水に入らされて殺された父君の無念《むねん》を伝えたかったのではないのか。

だができない。

さよにはできない。

さよはため息をついて、義経から受けとった太刀をほうりなげた。

ごとんごとんと大きな音が、暗い堂の中にひびいた。

太刀は、床《ゆか》の上をころがって、遠くの暗がりに落ちた。

「できぬ。わたしにはできぬ」

さよは、さけんでいた。

なぜだろう。

この人を、今すぐにでも殺せるという立場になったからか？

それで気がすんだからか？

人をあやめることに気おくれしたからか？

いずれは泰衡《やすひら》さまの軍勢《ぐんぜい》がこの人を殺すか、この人が自害するかだということがわかっているからか。

いやちがう。

たぶんちがう。

ふしぎなことに、さよは今、義経《よしつね》が、ちっともにくくなくなっていた。

ふと、先《せん》だって港で見た、宙返《ちゅうがえ》りをしていた小さな子の姿《すがた》が、目にうかんだ。無心にただ地をけり、背《せ》をまるめ、くるりとまわり、足を着く。くるりくるりとそれをくりかえしていた。

この人もそうやっていたのだ。そうやって生きてきた。

できることを、いっしょうけんめいくりかえしながら。

そう、この人もひとりの人間だ。

ただのひとりの人間だ。

子どもぐらいの背《せ》の高さの、少し年をとりはじめた男。口では優雅《ゆうが》に育てたいといいながら、自分のようにきびしい経験《けいけん》をさせようと、かわいい息子をむちうつ男。平家《へいけ》の者のようにはなるなといいながら、平家の姫《ひめ》と暮《く》らしている男。

この人もこの人なりに、いっしょうけんめいに生きてきたのだ。

（ああ、これが人というものか）

さよは思った。

平家も源氏《げんじ》もない。みな同じ「人」だ。

――殺しあってなにがうれしい。

父君はそうおっしゃったと、義経《よしつね》はいった。

父君は戦《いくさ》がどういうものかが、わかっておられたのだ。人と人が殺しあわねばならぬことに、うんざりされていた。

だからこそさよたちをいっしょに連れてはいかれず、そして最後の最後まで都にもどろうとされた。

そのために生きようとされた。

さよにはわかる。今はわかる。

父君のお気持ちが。

さよは、しぼりだすように言葉をはいた。

「なぜ、死なねばならぬ。なぜ、殺しあう……」

義経《よしつね》はうなずいた。

「ああそうだな。だれしもそう思う。だれしもな。そう思わぬ者はいない。だが目の前ににくしと思う相手がおれば、なにをおいても討《う》たねばならぬという気持ちにならぬか? どうじゃ、やんちゃ姫《ひめ》?」

義経は、まるでさよの気持ちを見ぬいていた、というように、からからと笑った。

「にくしみはにくしみをよぶ。なあ、姫。いったんはじめてしまった戦《いくさ》は行きつくところまで行かねば、おさまらぬものなのだよ。わかるか。あとはもう、よいも悪いもない。おのれが死なぬために、相手を殺す。知恵《ちえ》をふりしぼって、おのれが生きぬくために殺す。ただ、ただ、そのくりかえしじゃ……」

義経は低い声でそういうと、ゆっくりと立ちあがり、堂のすみにころがっていた太刀《たち》をひろいあげた。さやにおさめると、ふたたび腰《こし》にさした。

「わしは、ときどき考える。もし、わしがあのとき、維盛《これもり》との約束を守っておったらどうだっただろうかとな。平家《へいけ》と話しあって、兵を引いておったらと。だが、そうだとしても、けっきょく兄は、わしを裏切《うらぎ》り者《もの》とし、今のように討《う》てと命じておったにちがいないと思う。いったんはじまったものの流れは変わらない。変えられるものではないのだ。だがいっぽう」

と、義経《よしつね》は、さよを見た。

「おまえの父、維盛のいうことも、まんざら血迷《ちまよ》いごとではなかったように思うのじゃ。ひょっとして、なにか方策《ほうさく》があったかもしれぬ。だがどうすればよかったのか、となれば、わしにはわからぬ。神でも仏《ほとけ》でもないわしなどにはな。わかっているのは、今、ここで、わしが、泰衡《やすひら》にかこまれ、もうにげ場がないということのみじゃ」

それから、義経は、がにまたで、千歳丸《ちとせまる》の母のところに歩いてゆき、腕《うで》の下に手をやって立たせた。

「さて、そなたはどうする?」

「……ごいっしょに……はじめて河越太郎《かわごえたろう》のところで、お目にかかって恋《こい》に落ちてより、ずっとごいっしょでした」

かぼそい声がそういった。

「平家《へいけ》が負けてからも、よくぞわたくしを見すてないでいてくださいました。兄上さまにうとまれたのも、わたくしと結婚《けっこん》していたから」

「いや、兄は、ただわしが不要になっただけじゃ。戦《いくさ》で手柄《てがら》をたてたわしにしたがう者がふえれば、兄にはむしろ、災《わざわ》いとなるからな。頭《かしら》はひとりでなければならぬ。それが世の習いというもの」

義経《よしつね》はそういうと、千歳丸《ちとせまる》の母を引っぱって、阿弥陀如来《あみだにょらい》の前に立った。そして、戸のところにいる千歳丸のほうを見る。

「おまえは?」

千歳丸の目は、宙《ちゅう》を泳いでいる。

その目はいやだ、死にたくない、といっていた。

さよの胸《むね》がずきりと痛《いた》んだ。

いつか雪の日に、千歳丸がさよにだきついて泣いたときのことを思いだす。あのとき千歳丸は、父が自分にけいこをつけてくれたと、それだけのことでよろこんで泣いたのだった。

そんなに父を尊敬《そんけい》する千歳丸《ちとせまる》のことだ。

ともに死ななければならない、と考えているにちがいない。

だが、まだおさない。

心の奥《おく》が、そうしたくないとこばんでいるのだ。さっき、さよが義経《よしつね》を殺そうと思いながら、心の奥がそれをこばみ、できなかったように。

それでも、千歳丸はけなげに、義経にむかって、一歩、前に出た。

ともに死ぬという意味だ。

(だめだ、千歳丸)

さよはさけびそうになって、くちびるをかんだ。

今の今まで、さよは義経を殺す気だった。千歳丸がじゃまをすれば、いっしょに殺していたかもしれないというのに。

なのに、なぜそんな気持ちになる。

義経は、うんとうなずいて、手をさしのべた。

「そうだな。泰衡《やすひら》の軍勢《ぐんぜい》が、ここ接待館《せったいだて》に攻《せ》めいった今、おまえが生きのこっても、いずれ殺されるにちがいない」

千歳丸《ちとせまる》はもう一歩前に出て、義経《よしつね》の手をとろうとした。だが、口もとは引きつり、手はふるえている。

だめだ、千歳丸を死なせることはできない。

さよは決心した。

「やめろ、千歳丸」

さよは、ふたりのあいだにわってはいり、千歳丸の手を引いた。

「わたしと、いっしょににげるんだ」

「いや、もう、おそい。あれをきけ。とてもにげられぬぞ」

義経のいうとおり、遠くから、わさわさと人のけはいやどなり声がきこえはじめた。

「わしは、今からこの堂に火をつける。やんちゃ姫《ひめ》、おまえはその戸を開けて走りでろ。ひょっとすれば、射《い》られるかもしれぬが、ひょっとすれば、侍女《じじょ》のひとりぐらい、見のがすかもしれぬ」

「いや、女の着物ならもう一組ある。この床下《ゆかした》にかくしてある」

さよはとっさに床にはいつくばると、床板にあいたすきまに小刀をさしこんだ。はがそうとするが、床板《ゆかいた》は厚《あつ》く、小刀は、真ん中でぽきりとおれた。

義経《よしつね》はさよがなにをしようとしているのか、すぐに理解《りかい》したようだった。

すばやく動き、太刀《たち》の柄《え》を下にし、どん、どんと床板をつく。

戦《いくさ》の経験《けいけん》のある男の力だ。板の古く弱いところがさけて穴《あな》が開いた。義経はさらに、そこに太刀をさやごとさしこんで、てこのように床板をはがした。

人ひとりが、ようやく入れるぐらいの穴が開いている。

これなら、にげられるかもしれない。

「千歳丸《ちとせまる》、行こう」

さよがいうと、千歳丸は、迷《まよ》うように義経を見た。

「父上……」

「行け、千歳丸」

義経は、許《ゆる》しをあたえるように、うなずいた。

そのとたん、千歳丸の顔がぱっとかがやいた。やっぱり死にたくなかったのだ。

さよは先に、床板に開いた穴に、足を入れた。穴の大きさは、からだの太さぎりぎりだが、どうにかかぬけられそうだった。

床下《ゆかした》にとびおりたとたん、古瓦《ふるがわら》がわれる耳ざわりな音がした。地面にころがり、頭をうつ。

真っ暗でなにも見えない。

すぐに上から千歳丸《ちとせまる》の足が下がってきて、さよの頭にさわった。さよはあおむけに寝《ね》たまま、千歳丸の足を両手で力いっぱい引いた。

千歳丸は背中《せなか》から落ちて、さよのからだにおおいかぶさった。

「ありったけの運をいのるぞ、やんちゃ姫《ひめ》。おまえのような姫ははじめて見た」

おもしろそうにからからからと笑う義経《よしつね》の声が、穴《あな》の上からふってきた。

「父上！」

千歳丸は、さよの上に乗ったまま、穴を見あげてさけんだ。

だが返事はなく、その穴からの光は、いきなり消えた。

義経が、なにかをかぶせて、ふさいだにちがいなかった。

まるで、もうもどってくるな、とでもいっているようだった。

「佐用《さよう》。これでよかったのか」

千歳丸《ちとせまる》は、泣きそうな声でささやいた。

「おれは、父上や母上といっしょに……」

声はふいにとぎれた。

それから、ううっと、泣き声がきこえた。さよにかぶさる千歳丸の背中《せなか》は、こきざみにふるえている。

いっしょに死ぬべきではなかったのか、と千歳丸がいおうとしていることは、わかった。たしかに生きたいと思っていたにちがいないが、いざとなると、父と母をおいていくことに、迷《まよ》いがあるのだ。

たった床板《ゆかいた》一枚《まい》、へだてているだけなのに、ここから上には死の世界がある。

その事実が、千歳丸だけでなく、さよをも圧倒《あっとう》した。

ふとあのとき、船の上で乳母《うば》がいったことが思いだされた。

――おうらみなさるな。小さいときからわが子のようにお育てしたおかた。生きてつらい目におあわせするよりは、ずっとましと思うわたくしめの気持ちをお察しください。

いうなり、乳母はさよをつきおとし、自らも海に身を投げたのだ。

乳母は死に、さよは生きのこった。

そのさよは、復讐《ふくしゅう》することだけを考えて、生きてきたはずだった。

ついさっきまでは。

だが……結局、義経《よしつね》を殺せなかった。

(ならば、今まで生きてきたことはむだだったのか?)

ちがう。

それはちがう。

さよの心の中に、強いさけび声があがった。

むだではない。

あの日々、兄の荘園《しょうえん》ですごしたおだやかな日々。

子馬だった破魔《はま》にはじめてふれたときの、ぞくっとするようなよろこび。

はずしてばかりだった矢が、命中したときの高揚感《こうようかん》。

もてあましていた重い太刀《たち》が、ふるえるようになったときの達成感。

できなかったことが、できるようになったときのうれしさ。

すべてが復讐のためであったとしても、そして復讐をとげられなかったことによって、
今となっては役にたたなかったように考えられるにしても、だからといって、それらがす

べて消えてなくなってしまうわけではないのだ。

自分の身になにかがおきる。それは大きいことであるかも、小さいことであるかもしれない。だが、そのなにかがおきたことによって、自分の中に、よびおこされるものがある。乗りこえようとして、変わるものがある。

日々くりかえされるこのことこそが、人が、生きているということなのではないのか。そのくりかえしそのものに、生きている意味があるのではないのか。

さよは、ふるえる千歳丸《ちとせまる》を、うしろからしっかりだきしめた。

そして耳もとにささやいた。

「おまえは、ほんとうは、生きたいのだろう？　千歳丸」

千歳丸は小さく、うんとうなずいた。

「ああ、死にたくない。だが、おれは……おれは今まで、ずっと義経《よしつね》の子として、育ってきた。ほかの暮《く》らしかたを知らぬ。そんなおれが生きていても、はたして、いいことがあるだろうか、佐用《さよう》」

「それは……わからぬ」

さよは、とまどいながら、正直にこたえるしかなかった。

今となっては、千歳丸《ちとせまる》だけでなく、さよ自身も、この先どうなるか、わからないのだ。

ここを攻《せ》めている者たちは、さよにとっては敵《てき》ではないが、千歳丸をにがそうとすれば、さよもいっしょにねらわれ、追われることになるだろう。

ひょっとしたら、ここ、この床下《ゆかした》を出たとたんに、殺されるかもしれない。

兄の荘園《しょうえん》にもどりたいが、たどりつけるかどうかわからない。

いや、たどりつけたとしても、兄の荘園も、今までどおりのものであるかどうか。

泰衡《やすひら》さまが、ついに軍勢《ぐんぜい》を動かしてこの接待館《せったいだて》を攻めたのは、義経《よしつね》の首をさしだせという頼朝《よりとも》の圧力《あつりょく》に負けたからなのだろう。だが、きっとこのままではすまないのだ。百年の平和は破《やぶ》られた。都が、さよのいたころの都とは変わってしまったように、平泉《ひらいずみ》も兄の荘園も、変わることだろう。

だが、それでも、さよは、あの荘園にもどりたい。

あそこにもどるために、生きる。

そのために、知恵《ちえ》をしぼって考え、動き、汗《あせ》を流し、身をちぢめ、ふるえ、歯をくいしばり、もがく。

きっと死ぬ瞬間《しゅんかん》まで、もがきつづける。

それがさよが生きているということだ。

幸せであるにこしたことはない。だが、これは幸せとか、不幸とかということとはちがう種類のものだ。

腹《はら》の底からつきあげてくる、強い力のようなものだ。

さよは、くちびるをぎゅっとかみしめると、もう一度、しっかり千歳丸《ちとせまる》をだいた。

「千歳丸。わからぬが、それでも、われらは生きよう。さあ、行くぞ」


きなくさいにおいが、上からおりてきて、床下《ゆかした》にみちようとしていた。

煙《けむり》で目が痛《いた》い。

義経《よしつね》はさっき、この堂に火をつけるといった。きっとそのとおりにしたにちがいない。

ゆっくりしてはいられない。

三本目の柱のところにかくしておいた着物を手さぐりで引っぱりだし、これまた手さぐりで、千歳丸に着せつける。

「衣川《ころもがわ》に出るからな」

さよはささやいて、千歳丸の肩《かた》をたたくと、床下をとびだした。千歳丸もついてくる。

外はもう真っ暗ではなかった。どこからとんでくるのか、あたりを火《ひ》の粉《こ》が舞《ま》っている。空全体が赤い。血のようなまがまがしい赤だ。敷地内《しきちない》のあらゆる建物が燃《も》えはじめているのではないかと思われた。炎のかげんか、まるで赤い波がよせたり引いたりしているように思えた。

黒い煙《けむり》がときおりどっとまきあがり、光をさえぎり、暗くなる。

さよは、袖《そで》で口をふさいだ。そうでなければ、煙をすって咳《せ》きこんでしまいそうだった。

だが、そのときだ。

「にげたぞ、うらからにげた」

いきなりさけび声がして、持仏堂《じぶつどう》のわきから矢がとんできた。

軍勢《ぐんぜい》が、もうそこまでせまっている。

ばらばらと矢が、まるで松の葉が落ちるように、数歩うしろの地面に落ちる。

「女にばけているぞ。義経《よしつね》一家だ」

さらにさけび声がする。

さよは、とっさに千歳丸《ちとせまる》の手を引いて、屋敷林《やしきりん》の中に駆《か》けこんだ。

屋敷林の中は真っ暗だ。

鼻先も見えない。勘《かん》だけをたよりに、木々のあいだを、こきざみにぬって進む。

ひたすら走る、まがる、走る、まがる。

追っ手が来ているかどうか、ふりむいてたしかめる余裕《よゆう》もない。

だいぶ走ったころ、月に光る川面《かわも》のかがやきが、やっと木のあいだにちらちらと見えてきた。

屋敷林《やしきりん》をぬけた先は、衣川《ころもがわ》の土手だ。浅瀬《あさせ》をわたれば、対岸に出ることができる。対岸は中尊寺《ちゅうそんじ》の山で、泰衡《やすひら》さまがたの本拠《ほんきょ》だが、山の中に入ってしまえば、身をかくしながら、さらに奥《おく》の山にぬけられる。その山をこえれば、兄の荘園《しょうえん》だ。

「千歳丸《ちとせまる》、もうそこに衣川が見えたぞ」

さよは指さしてから、はっと息をのんだ。

低い土手ごしに衣川と対岸が、そしてそのあいだには中州《なかす》が見える。

だが、中州には、黒い影《かげ》が横一列にずらりとならんでいた。

そのうしろにも、鎧《よろい》を着た者たちがひかえ、びっしりと中州をうめている。

みなこちらをむいていた。

にげる者をここで一気にしとめようと、接待館《せったいだて》の裏手《うらて》で、まちかまえていたのだ。

「どうする、佐用《さよう》？」

千歳丸《ちとせまる》がきく。

どうしよう。

はずむ息を止めて、耳をすませてみる。

追っ手がせまってくるようなけはいは、まだない。

「少し、ようすを見よう。なにか相手にすきができるかもしれぬ」

さよは、千歳丸にささやいた。

屋敷林《やしきりん》のいちばん外がわの木のかげにふたりならんでかくれる。

中州《なかす》にならぶ黒い影《かげ》たちは、こそりとも動かない。

こちらにむけて弓をかまえ、いつでも引けるという体勢《たいせい》で、こちらを見ているのがわかる。

奥《おく》にすわる男は、兄とおなじような金色の軍扇《ぐんせん》をもち、かた腕《うで》をひざに乗せて、前かがみでなにかをまっていた。

そのときだ。

その男がすっくと立ちあがり、軍扇を高く上げた。

こちらが見えたのか、とさよはどきりとする。千歳丸《ちとせまる》も身をかたくするのがわかる。

同時に、黒い影《かげ》たちが、矢をつがえ、引いて射《い》た。

矢がいっせいにとんでいく。

だが、その方向はこちらではなかった。

矢は、左のほう、衣川《ころもがわ》の下流にむけられていた。

さよは、ほっと息をはいた。

黒い影たちは、隊列をたもったまま、じりじりと下流にむかおうとしている。

そっと頭を出してそちらをのぞくと、数人の僧兵《そうへい》が、衣川に入り、水しぶきを上げながら、走っていくところだった。

「千歳丸、今だ」

さよは、千歳丸に声をかけると、走りはじめた。

千歳丸がつづいてくる気配がする。

弓の一隊を横目に見ながら、土手を駆《か》けあがり、細い道を上流にむかう。

だが、ほどなく土手の下、うしろのほうから大きな声がした。

「あそこにいる」

「にがすな」

持仏堂《じぶつどう》から追ってきた者たちが、屋敷林《やしきりん》をぬけてきたのだ。

こちらの姿《すがた》が見えたのなら、次はきっと、立ちどまって矢を射《い》かけてくるだろう。

どうすればいい。

もううつ手はないのか。

なにかひとつぐらい方法はないのか？

考えるうちにも、うしろからの矢が、ばらばらと足もとに落ちる。

どうするか早く決めなくては。

石だらけの川原に下りて、水にとびこむか。だが、きっと息をするため顔を上げたとたんに、今度は、中州《なかす》にならぶ者らにねらわれることだろう。

屋敷林にもどるか。ふりむけば、鎧《よろい》を着た武者《むしゃ》が、十人、いや、二十人、追ってきている。手に手に弓やたいまつをもち、こちらを目がけて、どんどんと近づいてきている。

重い鎧を着ているので、こちらより足はおそいはずだ。それでも弓がある。走ってにげきることはできないだろう。こちらが馬にでものっていればべつだが。

「これまでか」

さよは走りながら、思わずつぶやいて、空をあおいだ。

夜は明けはじめていて、川沿《かわぞ》いに広がる空は、淡《あわ》い紺色《こんいろ》にかわりつつあった。

この空を、鳥のようにとんでいければ。

そうすれば、軽がると山をこえて兄の荘園《しょうえん》に着けるのに。

しかしもう、きっとこれで終わりだ。

最後の瞬間《しゅんかん》まであがこうと、さっき思ったばかりだが、これ以上、あがきようがない。

だがそのとき、千歳丸《ちとせまる》がさけんだ。

「佐用《さよう》。あの中にとびこもう」

千歳丸の指さす先は、いちだん低い川原だ。

そこにひときわ高い芦《あし》のくさむらがあった。今までは石ばかりだったのに、ここからは芦が生えている。よく気がついたものだ。

「わかった」

さよが返事をすると同時に、千歳丸は身をなげるようにそのくさむらにとびこんだ。

さよもあとを追った。

とびこんだとたん、とがったかれ葉が顔を切り、目をついた。

だが、芦《あし》は千歳丸《ちとせまる》の背《せ》よりも、さよの背よりも高く、姿《すがた》をかくしてくれる。

芦を両手でかきわけながら、一列になってくさむらの中を進む。

（これがつづくあいだはいいが……）

いつ、このくさむらがとぎれるのだろうか。

とぎれたらどうしたらいい。

気がはやるが、芦にはばまれて、足はなかなか前に進まない。

外は見えないが、追いかけてきた者たちは、おそらくさよたちとおなじように堤《つつみ》から川原にむかっておりてきていることだろう。

ひょっとして、先まわりして、くさむらから出たところを射《い》るつもりではないのか。

はたして、前からどなり声がきこえた。

追っ手は、ほんの数歩先にいる。

「千歳丸、まて」

さよは、前を行く千歳丸の肩《かた》をつかんでとめた。

「もどろう」

千歳丸は、うんとうなずいた。

むきを変え、今度はさよが前になって、進みはじめたときだ。

ぱちぱちと音がした。

火のはぜる音だ。

煙《けむり》のにおいもする。これは、敷地《しきち》のほうからにおってくるのではない。ごく近くに火もとがあるようだ。

「まずい」

思わず声が出た。

追っ手がくさむらに火をはなったのだ。さよたちをあぶりだすつもりだ。

「わきから出ろ、堤《つつみ》に上がれ。急げ」

さよはさけんだ。

芦《あし》はかれていてまったく水気がない。すぐに火がまわるだろうし、こちらはおそらくその前に、息ができなくなって死んでしまうにちがいない。

早くここから出なければ。

方向をかえ、また両手で芦をかきわけながら堤に近づいた。

先はまったく見えないものの、足もとがだんだん坂になり、上がってゆくのがわかった。

「身をかがめろ。頭が出る」

さよは千歳丸《ちとせまる》にささやいた。

だが、煙《けむり》はひどく、目が痛《いた》い。それだけのことをいうだけで咳《せ》きこむ。

やっと堤《つつみ》の上の道が、芦《あし》のあいだから見えてきた。

追っ手は、火をつけたほうとは反対の川にむかって右がわ、上流方面で、さよたちがあぶりだされるのをまちかまえているにちがいなかった。

「下流へ、走れ」

さよはいったが、声がかすれた。

ふたりでほぼ同時に堤の上の道に上がって、左がわ、下流へむかって駆《か》けだす。

「あっちににげたぞ」

声がした。

矢がばらばらと射《い》かけられる。

川原を追いかけてくる鎧《よろい》の者たちの姿《すがた》が、下のほうに見えてきた。

だが、下流もけっして安全ではない。中州《なかす》には武者《むしゃ》たちがならんでいたはずだった。

このさわぎに気がついたのか、中州の黒い影《かげ》が、いっせいにこちらをむくのが見える。

軍扇《ぐんせん》が上げられた。
矢が、ななめ正面、中州《なかす》からまたばらばらと射《い》かけられてきた。
走る足もとに、落ちてくる。
(はさまれてしまった……)
にげ場がない。もう、だめだ、とさよは思った。
さすがにこれでおしまいだ。

そのときだった。
ききなれた音が、さよの耳にひびいた。
馬だ。馬の足音だ。
黒い影《かげ》がたてがみをふりながら、乗り手もなしに、堤《つつみ》の上を正面から駆《か》けてくる。
「破魔《はま》」
さよがさけぶと、いななきがきこえた。
まちがいない、破魔の走りかた、破魔のいななきだ。
破魔が来た。

破魔《はま》はかしこい。

きっとうまやで綱《つな》をはずされてから、いつもさよといっしょに乗っていた道順をたどって、ここに来たにちがいなかった。

矢がとぶ。煙《けむり》がもうもうとうずまいている。だが、破魔はそんなことを気にもかけない。

どどっという足音は近づき、だんだん大きくなった。

ついに顔が見えてきた。

ここにいたんですね、というような表情《ひょうじょう》で破魔は、さよの前にとまろうとする。だが、いきおいあまって、うしろ足で立ちつくした。

さよは駆《か》けよって、どうどう、と声をかけ、たてがみをつかんだ。

破魔はとまった。

馬具もなければ、手綱《たづな》もない。

だが、破魔ならばさよの行きたいところがわかっている。衣川《ころもがわ》を上流にむかってさかのぼり、山の中のけもの道をたどり、骨村荘園《ほんむらしょうえん》にもどるのだ。

「乗れるか？」

うん、と千歳丸《ちとせまる》はうなずいた。

ふたりでほぼ同時に破魔《はま》にとびのった。ふすように背中《せなか》にしがみつく。矢のとぶ音が耳をかすめた。

鎧《よろい》の武者《むしゃ》たちは、川原を走って堤《つつみ》に近づきながら、どんどんと矢を射《い》かけてきている。

だが、破魔ならにげきれる。

かならずにげきってくれる。

「行け」

さよは、破魔をけった。


文治《ぶんじ》五年（一一八九年）、藤原泰衡《ふじわらのやすひら》は平泉《ひらいずみ》の接待館《せったいだて》で源義経《みなもとのよしつね》を討《う》った。かこまれた義経は、戦わず持仏堂《じぶつどう》にこもり、妻《つま》と子を殺害したあと、自害してはてたという。

だがその直後、平泉から歩いて半日ほどのところにある荘園《しょうえん》に、ひとりの少年とひとりの少女が一頭の馬とともにたどりついたことは、知られていない。

了

あとがき「もし……だったら」

子どものころ、わたしは国語の授業にあきると、よく辞書の巻末《かんまつ》をながめたものでした。そこには、平安貴族《きぞく》の屋敷《やしき》の見取り図や、武者《むしゃ》の鎧兜《よろいかぶと》、太刀《たち》、弓、牛車《ぎっしゃ》などのくわしい絵が描《えが》いてありました。わたしは自分がもし、その屋敷に暮《く》らす姫《ひめ》だったらと考えて、西の対《たい》からわたり廊下《ろうか》を通って釣殿《つりどの》に出て遊んだり、牛車に乗ってお寺にお参りにでかけたりしました。そうすると、ふしぎなことに、無味乾燥《むみかんそう》だった古典の文章が、いきいきと頭に入ってきたのです。

歴史の授業《じゅぎょう》のときもそうでした。地図をながめ、資料集《しりょうしゅう》の絵をながめ、人びとがどこでどうして戦って、どこからにげたのかを指でたどり、もしこの武将《ぶしょう》が勝っていたら、どうなっていたのだろうか、などと想像《そうぞう》しました。そうすると、実際《じっさい》におきたことが、よりしっかりと、理解《りかい》できるような気がしたのです。

じつは、この本の冒頭《ぼうとう》シーンがうかんだのは、ふと開いた古い社会科の教科書に、鎌倉《かまくら》時代の荘園《しょうえん》の図と、武士《ぶし》が流鏑馬《やぶさめ》をけいこしている絵がのっているのを見たときでした。

ちょうどそのころ、日本経済新聞《けいざい》（電子版）で、「清盛《きよもり》はグローバリストだった⁉ 平家《へい》論《けろん》の見直し広がる」という記事（二〇一二年一月五日）を読みました。平家と源氏《げんじ》の争いは経済的な方針《ほうしん》のちがいによるもので、平家滅亡《めつぼう》の原因《げんいん》も、よくいわれているように「貴族化《きぞくか》した軟弱《なんじゃく》な平家が屈強《くっきょう》な板東武者《むしゃ》に敗れた」という単純《たんじゅん》なことではなくて、もっと経済的な問題だったのではないか、という趣旨《しゅし》の記事です。

この記事よりもうちょっと前だったかもしれませんが、わたしの頭に、平泉《ひらいずみ》にのがれていった源義経《みなもとのよしつね》と、平家の姫《ひめ》がもし会ったらどうなるだろうか、という考えがうかんできました。わたしは平泉に行き、中世の趣《おもむき》をのこす骨寺村荘園遺跡《ほねでらむらしょうえんいせき》や、衣川《ころもがわ》の北岸を長いこと歩きまわり、中尊寺《ちゅうそんじ》の山をながめながら、衣川の土手を馬が走るシーンや、中州《なかす》での戦いのありさまや、北上川《きたかみがわ》に帆《ほ》かけ舟《ぶね》が行き来するようすを想像《そうぞう》しました。それはとっても楽しい時間でした。

しかし、これらが結びつき、物語が完成するまでには、いろいろなまわり道があって何年もかかったのです。その間、書いたり書き直したりしているうちに、わたしはふと、平《たいらの》維盛《これもり》という人は、とても現代的《げんだいてき》な人ではないか、ということに思いあたりました。この人は、家族をあくまで想い、戦線をはなれて都にもどろうとしたのです。軟弱《なんじゃく》な貴族《きぞく》だったから、ということになっていますが、今だったら、決して不思議には思われない考えかたです。では、その維盛《これもり》が富士川《ふじがわ》で兵を引いたのはなぜだろうかと考えてみると、水鳥の羽《は》音《おと》におどろきあわててにげたということになっていますが、無益《むえき》な戦いはしないという意味で、これもたいへん現代的《げんだいてき》だったのではないだろうかと。

もし、維盛がそういう人だったら……というのが、じつはこの本で、主人公さよの物語をささえるもうひとつの物語になっています。

ところで、「もし……だったら」と考えることは、事実をないがしろにする乱暴《らんぼう》な行為なのでしょうか。

そうではないと、わたしは思います。

たとえば、シミュレーションというやりかたがあります。ほんとうにやってみるわけにはいかないような種類のことを、おきたと仮定《かてい》したり、条件《じょうけん》を変化させたりして、計算によってその結果を知るのです。たとえば核戦争《かくせんそう》などあってはなりませんが、もしあったとしたらこういうことになる、ということがシミュレーションの結果わかれば、その損失《そんしつ》の大きさに、戦うよりやめておいたほうが得だろう、ということを事前に納得《なっとく》することができます。

歴史はすでにおきてしまった過去《かこ》のことを記すものですから、実際《じっさい》には、ただひとつの事実しか存在《そんざい》しないはずです。ただ、それに対しても「もし……だったら」と少し条件《じょうけん》を変えて考えてみることによって、その事実の本質《ほんしつ》や、人間の性質《せいしつ》を考える機会がえられるでしょう。

わたしたちが歴史からほんとうに学ぶべきは、事実そのものではなく、人というものはどういうものか、どう動くものなのか、そして人はどうやって困難《こんなん》や戦乱《せんらん》に立ちむかいながら生きてきたのか、それが自分の身におきたとき、おきそうになったとき、どうすべきか、知ったり考えてみたりすることにあるのではないでしょうか。

みなさんも、教科書に書かれた事実は事実として尊重《そんちょう》しつつ、ぜひ想像《そうぞう》の翼《つばさ》を広げて、そこからとびたつ楽しい時間を、思考する機会を、もっていただければと思います。

なおこの物語はフィクションなので、史実とかえてあるところがあります。以下、かんたんに史実のほうを述《の》べておきます。

源義経《みなもとのよしつね》について

『玉葉《ぎょくよう》』『吾妻鏡《あづまかがみ》』『平家物語《へいけものがたり》』『義経記《ぎけいき》』などが、その人となりを伝えるおもな資料《しりょう》です。

容貌《ようぼう》は『義経記』などでは美男《びなん》とされていますが、『平家物語』ではそうでないという記述《きじゅつ》があります。義経が神社に奉納《ほうのう》したと伝えられる鎧《よろい》から推測《すいそく》するに、身長は百五十センチメートル前後だったのでは、といわれています。また幼年《ようねん》時代についても諸説《しょせつ》あります。

妻《つま》としてあげられているのは、河越重頼《かわごえしげより》（太郎《たろう》）の娘《むすめ》（郷御前《さとごぜん》）、静《しずか》御前、平時忠《たいらのときただ》の娘（蕨姫《わらびひめ》）の三人です。

亡《な》くなった場所は「衣川館《ころもがわのたち》」とされていますが、「衣川館」の位置は不明です。衣川南岸で北上川《きたかみがわ》との合流点にある「高館《たかだち》」、または衣川北岸に近年発掘《はっくつ》された「接待館《せったいだて》」がそれにあたるという説がありますが、このうちどちらなのか、それともほかのところなのかわかりません。亡くなった時期は閏《うるう》四月三十日で、今の暦《こよみ》によれば初夏にあたります。なお「衣川館」で義経といっしょに死んだ妻は郷御前で、子は四歳《さい》の女児とも三歳の男児ともいわれています。

平泉《ひらいずみ》で亡くなったのではなく、その後北海道にわたったという話も、さらに中国大陸にわたってモンゴル帝国《ていこく》の初代皇帝《こうてい》チンギス＝ハンとなったという話もありますが、いずれも伝説と考えられています。

平維盛《たいらのこれもり》について

おなじく『玉葉《ぎょくよう》』『平家物語《へいけものがたり》』などに記述《きじゅつ》があります。美男《びなん》の貴公子《きこうし》であったとされています。死亡《しぼう》については諸説《しょせつ》あり、入水《じゅすい》したとも、病気で死んだとも、鎌倉《かまくら》で首を斬《き》られたともいわれています。娘《むすめ》と息子がいたといわれていますが、「六代《ろくだい》」という名で知られる息子、平高清《たいらのたかきよ》はのちに鎌倉で首を斬られています。

ご興味《きょうみ》があれば、それぞれの説について調べ、自分なりに真相をさぐるのも、おもしろいかもしれません。

二〇一八年九月　　森川成美

【主要参考資料】（五十音順）

『絵図と景観が語る　骨寺村の歴史　～中世の風景が残る村とその魅力～』吉田敏弘著　本の森　二〇〇八年

『北の平泉、南の琉球』入間田宣夫、豊見山和行著　中央公論新社　二〇〇二年

『平泉・衣川と京・福原』入間田宣夫著　高志書院　二〇〇七年

『平泉　浄土をあらわす文化遺産の全容』佐々木邦世編　川嶋印刷株式会社　二〇〇九年

『平泉藤原氏と南奥武士団の成立』入間田宣夫著　歴春ふくしま文庫　二〇〇七年

『平泉　よみがえる中世都市』斉藤利男著　岩波新書　一九九二年

『源義経流浪の勇者　―京都・鎌倉・平泉―』上横手雅敬編著　文英堂　二〇〇四年

作

森川成美《もりかわしげみ》

東京都生まれ、大分県で育つ。「アオダイショウの日々」で第18回小川未明文学賞優秀賞受賞。おもな作品に『くものちゅいえこ』(PHP研究所)、『あめあがりのかさおばけ』(岩崎書店)、『フラフラデイズ』(文研出版)、『妖怪製造機』(毎日新聞出版)、「アサギをよぶ声」シリーズ(偕成社)などがある。全国児童文学同人誌連絡会「季節風」同人。

画

槇《まき》えびし

漫画家、イラストレーター。漫画作品に「朱黒の仁」「魔女をまもる。」(以上、朝日新聞出版)、「天地明察」(原作＝沖方丁・講談社)など。装画を手がけた作品に、『土方歳三 上・中・下』(角川書店)『迷子石』『坂本龍馬』(以上、講談社)などがある。

協力◆千葉信胤(平泉文化遺産センター館長)

【初出】雑誌『児童文芸』(2017年2・3月号から2017年12月・2018年1月号まで)に掲載された「衣川 十二歳の刺客」に加筆修正し、書籍化したものです。

さよ　十二歳《さい》の刺客《しかく》

2018年11月9日　初版第1刷発行
2019年4月13日　初版第2刷発行

作　森川成美

画　槙えびし

発行人　志村直人

発行所　株式会社くもん出版
〒108-8617 東京都港区高輪4-10-18 京急第1ビル13F
電話　03-6836-0301（代表）
03-6836-0317（編集部直通）
03-6836-0305（営業部直通）
ホームページアドレス　https://www.kumonshuppan.com/

印刷　図書印刷株式会社

NDC913・くもん出版・256p・20cm・2018年・ISBN978-4-7743-2779-2

CD34595

創作児童文学

堀米 薫　画・大矢正和

仙台真田氏物語　幸村の遺志を守った娘、阿梅

真田幸村に秘策あり。娘の阿梅は、大坂城落城が迫る中で死を覚悟した父・幸村が口にした言葉に、耳を疑った。子どもたちを、敵の武将のもとにのがす、というのだ。幸村の娘・阿梅を主人公にした歴史小説。

濱野京子　画・おとないちあき

ソーリ!

「総理大臣になりたいって笑われるような夢なの!?」ソーリというあだ名のついてしまった小学校五年生の少女・照葉の物語をとおして、政治や社会について考える児童文学。